KB080348

나 혼자 마법사다

나 혼자 마법사다 1권

초판1쇄 펴냄 | 2014년 08월 06일

지은이 | L.상현
발행인 | 성열관

펴낸곳 | 어울림 출판사
출판등록 / 2009년 1월 23일 제313-2009-12호
주소 / 서울시 마포구 서교동 395-64 회산빌딩 3층 302호
TEL / 02-337-0120
FAX / 02-337-0140
E-mail / 5ullim@hanmail.net

값 8,000원

ISBN 978-89-992-0723-5 (04810)
ISBN 978-89-992-0722-8 (SET)

이 도서의 국립중앙도서관 출판시도서목록(CIP)은 서지지정보유통지원시스템 홈페이지(http://seoji.nl.go.kr)와 국가자료공동목록시스템(http://www.nl.go.kr/kolisnet)에서 이용하실 수 있습니다. (CIP제어번호 : CIP2014022611)

나 혼자 마법사다

L.상현 장편소설

목차

프롤로그

각 차원들에는 그 차원을 담당하는 신들이 있다.

지구도 마찬가지고, 지구에서 판타지 세계라 불리는 '메르헨'도 마찬가지였다.

"에벰, 다른 해결 방법이 없는 걸 알겠지. 자네 차원을 써야겠어."

"무슨 짓을 벌였기에 차원이 붕괴되기 직전이라는 거야. 제대로 관리를 하지 않은 건가."

지구를 담당하는 차원의 지배자 '에벰'과 메르헨을 담당하는 차원의 지배자 '라헤르'가 그들만의 차원의 틈에서 얘기를 나누고 있었다.

직접 인간들이 사는 세계에 관여를 하지 못하는 신의 입장에서 지금 붕괴가 되어가는 메르헨을 지켜볼 수밖에 없었다.

어쩔 수 없이 일부 인간들과 몬스터들을 지구로 보낸 뒤 차원의 붕괴만큼은 막으려 하는 것이었다.

그것을 아는 에벰이였기에 거절할 수도, 흔쾌히 수락을 할 수도 없었다.

“내 차원의 인간들이 메르헨의 생명체들을 이길 수 있을 것이라 생각하나. 당연히 해결책은 가져왔겠지, 라헤르.”

“오랜 싸움과 메르헨의 흑마법사들 때문에 차원이 엉망이다. 어찌 됐건 붕괴만큼은 막아야 하지. 드래곤과 높은 서클의 마법사들이 이상함을 느끼고 다른 세계로 차원 이동을 시도하고 있고 그나마 멀쩡한 게 지구 아닌가. 어쩔 수 없어.”

너무 오래돼서일까, 다른 차원들은 이미 붕괴가 되거나 조각나서 이곳저곳을 떠돌고 있는 상태였다.

그중에 가장 멀쩡한 곳이 라헤르가 말한 지구뿐이었다.

“어쩔 수 없는 선택이다. 에벰, 이미 게이트를 열어서…….”

“라헤르! 어서 닫지 못해!”

에벰의 호통에 몰래 게이트를 열어 메르헨의 생명체들이 차원 이동을 하게끔 하던 라헤르는 게이트를 다시 닫았다.

그럼에도 불구하고 이미 많은 양의 생명체가 지구로 유입되었다.

"해결책도 가져오지 않고 저질러 버리면 어떡하나! 지구의 인간들에게도 받아들일 시간이 필요하지 않겠는가?!"

"에벰, 자네에겐 무슨… 생각이라도 있나?"

"인간들에게 게임이라는 친숙하고 잘하는 오락이 있지. 그걸… 이용하는 수밖에. 그래도 우리에게 가까운 생명체들은 아직 안 돼. 두 차원이 공존하기 위해선… 시간이 좀 걸릴 것이다."

에벰은 나지막이 신음을 흘렸다.

다른 차원 붕괴를 막기 위해 잘 운영되고 있던 지구에 변화를 줘야 한다니 말이다.

하나의 차원이 붕괴하면 신들로서도 어떤 일이 생길지 몰랐고, 자칫하면 이리저리 뒤틀려 버릴 수도 있었기에 메르헨의 생명체들을 받아들일 수밖에 없었다.

'한국… 게임 강대국. 이들이 특별히 잘해내야 할 텐데… 걱정되는군. 지도자가 악인이라…….'

"에벰, 붕괴를 막으려면 이 일을 처리할 인간이 꼭 필요하다."

"찾아봐야지. 잠재적인 인간들이 있길 바라야지……."

라헤르의 말에 에벰은 지구를 바라보며 한숨을 내쉬었다. 어떻게 될지는 인간들의 행동에 달려 있는 것이었다.

도망

게임 하면 제일 먼저 떠오르는 국가는 역시나 한국이다.

넓디넓은 땅덩어리 중 하나가 아니라 지구본으로 한국을 찾으려면 오래 걸리는 그런 곳.

어느 게임에서 튜토리얼에서 도망가라고 만들어 놓은 게임의 막판 보스를 20분간 데미지가 1이 들어가는 아이템으로 때려서 클리어 한 사례가 있다.

이런 일들이 한국인들에게는 그렇게 놀랄 만한 사실이 아니다.

빈번하게 일어나고 있어서 기자들이 뉴스거리로 쓸 이

야깃거리도 안 됐다.
세계적인 신문, 뉴스에 이러한 글이 올라온 적이 있다.

게임 강대국 코리아!

맞는 말이다.
한국인이 하나의 게임을 클리어 하기 위해 걸리는 시간은 다른 나라들보다 두 배는 더 빠르다.
그래서, 하고 싶은 말이 뭐냐고?
"저희는 지금 사태에 대해 '환상 게임 바이러스'라고 명명하겠습니다. 외출을 삼가지 마시고 빠른 레벨 업을……."
전 세계가 게임화되어 갔다.
모든 일반인들에게 상태창과 스킬창… 심지어 인벤토리라고 불리는 공간까지 사용할 수 있게 되었다.
정부는 이 사태를 나라를 키울 수 있는 발판으로 치부하고… 아니, 그전에 한국인들을 막을 수 있는 방도가 없었다.
괜히 게임 강대국이 아니었다.
바이러스라고 하지만 나쁜 것이 아니었다.
적어도 한국인에게는 말이다.
스텟.

즉, 힘이나 민첩성, 체력 등을 올리기 위해서 헬스장은 마비가 되고 길거리에는 이상한 행동을 보이며 스킬을 만든다는 사람들이 나타나기 시작했다.

물론 검도장이나 태권도장 등 무술 학원들이 매출 최고조를 기록하며 센세이션을 일으켰다.

문제는 여기서 끝나지 않았다.

실제 게임 판타지처럼 되었다면 우리들이 말하는 몬스터들도 나타날 것이었다.

사람들이 예상했던 것과 같이 우리들이 사는 세계, 죽어도 다시 살아날 수 없는 이 지구에 몬스터들이 생겨나기 시작했다.

숲과 사막, 바다와 강 등을 점령해버린 몬스터들은 죽여도 죽여도 사라지지 않았다.

게임처럼 리젠이 되는 것이었다.

하지만 문제가 되지는 않았다.

천천히, 몬스터들은 상품화되고 식용이 되기 시작했다.

그리고… 살인 사건도 빈번히 일어나기 시작했다.

"하루야, 우리 하루……."

엄마의 목소리가 점차 줄어들었다.

침대 밑 빈 공간에서 눈물을 흘리고 있는 올해 20세가 되는 이하루는 손을 뻗으며 미소를 짓고 있는 엄마를 바라봤다.

"엄마… 엄마."

전 세계인들 중 유일하게 마나 스텟을 가지고 있는 사람, 그게 바로 이하루였다.

마법을 쓸 수 있다는 것을 주변 사람들에게 보여준 것이 화근이었다.

"내가 꼭 살려줄게… 엄마. 빙결—빙하장막."

처음에는 그저 신기했다.

온 세상이 자기가 좋아하던 게임으로 변하는 것이 축복이라 생각했고, 모든 사람들도 자신과 같은 스텟과 능력들이 있는 줄 알았다.

친구와 가족, 친척 등 주변 사람들에게 마나가 있고 마법까지 쓸 수 있다고 떠벌리고 다닌 것이 화근이었다.

시간을 되돌린다면 그때로 되돌아가고 싶었다.

"상태창."

이름 : 이하루

레벨 : 13

체력 : 700/700 **마나** : 900/900

힘 : 14　　　**민첩성** : 11
지능 : 36　　　**행운** : 16

상태창에 떡하니 자리를 잡고 있는 '마나'와 비상식적으로 올라간 지능 스텟, 원래 하루와 같은 레벨 정도면 20이면 많이 높은 것이었다.

보통 한국에서 잘나간다는 박사들의 현재 최고 지능이 40인 점을 감안하면 하루는 박사들보다 머리가 좋다는 뜻이 됐다.

"스킬창."

빙결—빙하장막

한 대상을 얼린다.

깨지지 않는 얼음의 장막으로 대상을 보호하거나 공격용으로 사용할 수 있다.

뜨거운 화염에도 견딜 수 있으나 그것이 지속된다면 마법이 풀린다.

소모 마나 : 100% (현재 마나의 전부)

파이어—버스터

지능에 따라 뜨거운 화염의 구체를 생성한다.

생각하는 대로 움직이며 물체에 닿는 즉시 폭파한다.

마법의 시전자는 뒤로 조금 밀려난다.
소모 마나 : 200

블링크
3m를 전진하거나 후진할 수 있다.
건물을 통과할 수도 있으며 상명체도 통과할 수 있다.
소모 마나 : 300

매직미러
마나 거울을 생성하여 상대방의 공격을 지능에 따라 튕겨 낸다.
소모 마나 : 130

스킬창에 있는 스킬은 모두 4개가 끝이었다.

빙결—빙하장막은 처음부터 스킬창에 있었고, 파이어—버스터는 원래 파이어 볼에서 변경된 것이었다.

스킬을 사용하면 사용할수록 상위 마법으로 변형이 되는 것 같았다.

블링크, 하루가 지금까지 어떤 이유에서인지 단순히 질투 때문인지 자신을 공격하는 이들에게 벗어날 수 있었던 것은 이 마법 덕분이었다.

마나 소모가 극심했지만 그만큼 쓸모가 있었다.

매직미러는 상대방의 공격을 튕겨낸다고 했지만 약한 것이었는지 한 번 믿었다가 죽을 뻔했다.

"후……."

약간 달라붙는 스키니 진에 더럽혀진 운동화, 이상한 문양으로 치장된 반팔을 입은 하루가 주변을 경계하며 있는 곳은 산속이었다.

원래는 마을 뒷산이라고 쉽게 올라갈 수 있는 곳이었지만 계속해서 생겨나는 '몬스터'들 덕분에 보통 사람이라면 아무도 찾지 않았다.

그나마 이곳이 그들에게서 벗어날 수 있는 유일한 곳들이었다.

그들의 조직원이 얼마나 많은지 모르지만, 도시나 산속 전부를 수색할 수는 없을 것이다.

"제발… 나타나면 안 된다… 하아……."

잠이라도 좀 자고 싶었다.

그렇지만 마을 뒷산, 이곳에서 잠이 든다면 어떤 일이 일어날지 몰랐다.

우루우~~어어어~

바로 이런 몬스터들이 나타나기 때문이었다.

한쪽 뿔이 잘린 채, 복수라도 하러 온 것처럼 생긴 사슴이었다.

보통 때 같았으면 '귀여운 사슴이네?' 하며 웃음을 짓고 바라봤을 소중한 동물이었지만, 지금 하루의 앞에서 앞발을 구르고 있는 사슴은 공격형을 띄고 있었다.

"사슴 상태."

뿔이 잘린 사슴

마을 뒷산에서 자주 발견되는 뿔이 잘려나간 사슴이다.

인간에게 많은 원한을 품고 있으며 민첩성이 뛰어나다.

체력 : 400/400

하루가 생각했던 대로다.

지금까지 수십 번이나 죽였던 사슴의 모습이었다.

파이어 볼이었던 마법을 계속 사용해서 죽이고 파이어—버스터로 올라간 것도 이 사슴 덕분이었다.

사슴은 계속 발을 구르다가 하루에게 달려갔다.

남은 하나의 뿔로 공격을 하기 시작한 것이었다.

그러나 하루를 상대하기엔 역부족이었다.

"다른 데로 가야 하나… 파이어—버스터."

콰아앙!

2개의 불 구체가 달려오던 사슴에게 적중했다.

그 여파로 하루는 뒤로 물러났다.

사슴의 시체는 보이지도 않았으며 하루의 마법이 들어간 곳엔 갈색 가죽만 남아 있었다.

정말 게임처럼 잡템을 남긴 것이었다.

지금까지 모은 사슴 가죽은 30개가 넘어갔다.

1마리에 하나씩 나오는 것도 아니었다.

"모아서 쓸데가 있어야지… 어휴."

하루는 가죽을 주어서 눈을 감고 인벤토리창에 집어넣었다.

뭐든 들어가는 인벤토리창의 한구석에는 차갑게 얼어있는 엄마가 있었다.

아이템으로 치부되어 하루가 아는 한, 가장 안전한 곳에 모셔둔 것이었다.

"이동해야지, 그럼."

이곳에서 마법을 쓴 이상, 다른 사람이 못 봤을 리가 없었다.

더군다나 폭발 소리도 꽤나 컸다.

만약 그들의 눈에 들기라도 하면 많은 귀찮음이 따를 것이었다.

—필드 '마을 뒷산'에서 벗어났습니다.

—마나가 10초에 2%씩 상승합니다.

RPG게임을 할 때, 눈으로 보기만 했던 것이 이제는 음성으로 들려왔다.

가끔 들려오는 이 음성이 여자 목소리라서 모태 솔로인 하루에게는 기분 좋은 목소리였다.

하루는 인벤토리에 넣어 두었던 검은색 모자를 푹 눌러 썼다.

혹시나 남들이 알아채면 좋을 것이 없었다.

마을 뒷산에서 내려오면 바로 아파트 단지였다.

다행히도 하루를 이상하게 쳐다보는 사람은 없었다.

평범한 사람들 틈에서 살아가고 하루가 자신에게 마나라는 것이 있다고 말만 하지 않으면 별 탈은 없었다.

그럼에도 불구하고 계속 들키는 이유는 하루가 있는 곳마다 마을을 습격하는 몬스터 1마리씩이 가끔 튀어나오기 때문이었다.

처음 봤을 때는 정말 두려움에 벌벌 떨기도 했다.

오크라니!

판타지 책이나 영화에서나 보던 몬스터가 도심 한복판에 나타났으니 소란이 일어날 수밖에 없었다.

아이를 공격하려는 오크를 죽이려 파이어 볼을 썼었지만 어그로만 끌릴 뿐, 죽지는 않았다.

계속해서 따라오는 오크를 피해 달아나다가 다행히 주변에 있던 군대에서 와서 총기를 난사하여 제압할 수 있었다.

하루가 마법을 사용했다며 제보하는 주민 때문에 군대에 불려가 조사를 받을 뻔했지만 잽싸게 블링크로 도망쳤기에 망정이지, 자칫하면 TV 출현도 할 뻔했다.

"소매치기야!! 소매치기!"

"여자 따위가 내 민첩성을 따라올 수 없지."

빈번히 일어나는 일이었다.

'환상 게임 바이러스'라는 것이 퍼지면서 사람들의 신체는 1단계 성장을 했다.

그리고 반복된 행동을 하면서 스텟이라는 것이 올라가고 레벨을 올려도 스텟이라는 능력치가 상승했다.

"하……."

하루는 이런 일들을 그냥 넘어갈 수가 없었다.

쓸데없는 오지랖과, 착한 건지 미련한지 모르는 성격 때문인지 남을 돕는 것이 마음 편하고 좋았다.

'영웅 코스프레'는 하루에게 딱 맞는 수식어일지도 모른다.

하루를 시기하는 자들이 하루의 이러한 행동을 본다면 이렇게 부를 것이다.

블링크.

퍽.

여자의 비명 소리에 시선이 몰리긴 했지만 하루를 유심히 보고 있던 사람이 없었다면 들킬 염려가 별로 없었다.

소매치기를 한 남성 앞으로 순간이동을 한 하루는 발을 걸어 소매치기를 넘어트렸고 하늘로 붕 떴던 핸드백을 낚아채서 여자에게 가져다 줬다.

재빨리 일어난 소매치기가 하루를 째려봤지만 뭐라고 하거나 해코지를 하지는 못했다.

이미 많은 사람들의 시선이 느껴졌기 때문이다.

"받아요."

"어, 어머… 감사합니다, 감사합니다."

하루는 그냥 미소를 지으며 핸드백을 건네주고 뒤돌아 가려는 순간, 싸늘한 목소리들이 들렸다.

"렙 좀 올렸나 보지."

"저렇게 오지랖 넓은 사람이 명이 짧다니까."

"괜찮은 스킬이라도 있나? 어떻게 얻었나 물어 볼까? 크큭."

소매치기를 그냥 바라만 보던 사람들의 목소리였다.

도와주고 나서 기분이 좋아야 하는데 자신을 뒤에서 욕하는 사람들 때문에 그리 기쁘지는 않았다.

오히려 어깨가 축 쳐져서 가는 경우가 많았다.

"핸드백 고마워요, 이.하.루."

핸드백을 소매치기 당했던 여자의 입에서 하루의 이름이 나왔다.

자신은 알려주지 않았는데?

인상을 쓰고 하루가 다시 몸을 돌려 여자를 쳐다봤다.

씨익— 웃는 여자의 모습에서 왠지 모를 불안감이 엄습했다.

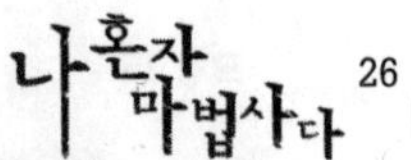

즉시 주변을 둘러보자 여기저기서 그들이 튀어나왔다.

∀문양이 새겨진 옷을 입고 있는 자들이었다.

하루가 어머니의 죽음을 다시 되돌리는 것도 목표지만 이들의 목적을 밝혀내고 복수하는 것도 목표이다.

'그래서 더더욱 지금 잡히면 안 되지.'

이 세상이 게임화되었다면 어딘가에는 엄마를 살릴 엘릭서도 있을 것이고 저들을 처단하기 위해 만들어진 더욱 강한 마법서도 있을 것이다.

강해지기 전엔, 하루 혼자서 이들에게 맞설 수는 없다.

"당신……."

"그래요, 저도 ∀입니다. 이하루 씨."

하루는 입술을 꽉 깨물었다.

참지 못해서 도와줬지만 그걸로 위험에 빠졌다.

현재 마나는 겨우 블링크를 2번 시전할 수 있는 양이었다.

'이런 식으로… 날 유인하다니.'

전혀 생각지 못한 상황이었다.

블링크 2번으로 빠져나가기엔 벅찼다.

거리를 단숨에 이동할 수 있지만 그 거리에 제한이 있다.

아마 상대방 중에 민첩성이 빠른 사람이 있다면 금방 잡힐 게 뻔했다.

저벅. 저벅.

어쩔 줄 몰라 하고 있을 때, 그들 사이에서 정장을 쫙 빼입은 중년 남성이 걸어서 하루에게 다가왔다.

외국인인 것 같은데 무척이나 한국말을 잘했다.

"이하루 군, 이번엔 도망치지 못할 것 같은데요. 이미 많은 사람들이 깔려 있다구요."

"라베……."

중년 남성, 도망치면서 몇 번 봤었다.

이들 중 좀 높은 계층의 사람이라고 항상 생각하고 있었다.

'라베 님, 라베 님'이라고 불리는 것을 들었기에 알 수 있었던 정보였다.

지금 같은 행동도 도움이 됐고 말이다.

"다들 뭐하나? 얼른 잡지 않고."

"잠깐! 날 잡아서 뭘 어쩌려는 거지? 난 원래부터 스텟이 있었고 생기는 방법이나 그런 건 모른다고."

"그건 자네가 알지 않아도 되는 거지요. 정 궁금하면… 직접 경험하면 될 거예요."

하루는 지금 이 상황이 웃겼다.

도심 한복판… 그것도 사람이 살고 있고 창문으로 내다보면 다 보이는 곳에서 납치를 하겠다니!

바로 이게 지금 세상 돌아가는 꼴이었다.

정치나 사회를 잘 알지 못했지만 지금 이렇게 두면 안 됐다.

이대로라면 세상이 망할지도 몰랐다.

"잡을 수 있을 것 같습니까, 나를?"

라베는 하루의 웃음을 봤다.

이제 곧 잡힐 사람이 저런 미소를 보이다니, 뭔가 이상하지 않은가?

라베는 즉시 명을 내렸다.

"자, 잡아!"

"블링크."

하루는 건물 방향으로 몸을 틀면서 마법을 시전했다.

라베의 고함과 동시에 사라진 하루.

그들은 먼저 건물 안쪽을 샅샅이 뒤지기 시작했다.

"이하루!!"

라베는 바닥을 발로 쿵!! 내려찍었다.

바로 눈앞에서 놓쳤다.

그래도 다행인 것이 각 구역들마다 사람들을 배치해 두었기에 곧 잡힐 것이었다.

"어디 잘 빠져나가나 봅니다, 이하루."

라베도 사람들과 같이 이하루가 이동한 곳을 찾기 시작했다.

마나가 무한한 것이 아니라는 것을 알고 있었기에 마나

를 빼기 위해 소매치기라는 작전도 짰던 것이었다.

"흐읍……!"

하루는 지금 어두침침한 곳에서 고통과 싸우고 있었다.

후각이 썩어 문드러지는 아주 고통스러운 냄새였다.

이 사람들이 얼마나 먹고 얼마나 음식을 버렸으면 이런 냄새가 날까.

맨홀 뚜껑의 바로 아래, 지하도에서 하루가 몸을 이리 비틀고 저리 비틀며 참고 있었다.

후각은 단순하기 때문에 같은 냄새가 지속된다면 금방 적응하여 무의식적으로 이 냄새를 흘릴 것이 분명했다.

—던전 '썩은 지하도'에 입장하셨습니다.

—썩은 냄새가 후각을 자극합니다. 초당 1의 체력이 감소합니다.

—상태 이상 '똥독'에 걸렸습니다. 이동 속도가 20% 감소합니다.

여성의 음성이 들리면서 상태창을 보니 체력이 뚝뚝 떨어지고 있었다.

이런 경험은 처음이었다.

체력은 곧 생명력.

다 떨어지면 저세상에 가는 것이었다.

보통 게임처럼 살아나지도 않을 것이었다.

"후우… 읍! 후우……."

하루는 냄새가 역하여 토를 할 것 같았지만 심호흡을 하면서 안정을 찾으려 노력했다.

그 결과, 다시 안내 메시지가 들려왔다.

—후각이 마비되었습니다.

—냄새에 완전히 적응되었습니다.

다행히도 체력이 더 이상 깎이지 않았다.

300 가까이까지 내려가서 심장이 벌렁거렸다.

거의 반을 넘어가는 수치였기에 하루는 상태창을 보며 빨리 체력이 올라가길 빌었다.

∀, 저들을 완전히 속일 수 있을지 몰랐다.

라베와 잠깐만이라도 얘기를 하면서 시간을 끌었던 것이 참 다행이었다.

하루의 눈에 들어온 것은 맨홀 뚜껑이었다.

뭔가 빠질 공간이 있으니 이렇게 막아 놓았을 것이었다.

그것을 발견한 하루는 바로 라베를 도발하고 약간 흥분한 틈을 타서 바닥으로 순간이동을 한 것이었다.

아마 다른 곳으로 빠져나갈 구멍이 있을 것이었다.

지하도는 바깥의 전선들처럼 전부 연결이 되어 있으니 말이다.

지하도는 어둡고 칙칙했다.

얼마 되지 않은 곳의 옆을 통과하는 지하수, 쓰레기가 둥둥 떠가고 온갖 오물들이 눈에 들어오면서 비위를 상하게 했다.

앞으로 걸어 나가면서 하루의 발걸음은 조심스러웠다.

혹시나 이곳에도 몬스터가 있지 않을까 하는 생각이었다.

만약 나타난다면 마법으로 처리를 하면 됐지만 하루의 머리 위에 있는 사람들이 신경 쓰였다.

하루가 공격할 수 있는 스킬은 빙결―빙하장막과 파이어―버스터였다.

하나는 마나를 전부 소진해야 해서 또 다른 위협에 쳐했을 때, 대처할 수가 없을 것이었다.

그리고 다른 하나는 폭발음 덕분에 쓰기가 애매했다.

소리를 듣고 저들이 올 수가 있기 때문이다.

"……?"

하루는 지금 자신이 보는 것이 헛것이 보이는 건지 아니면 실제로 일어난 일인지 알 수가 없었다.

눈을 다시금 비비고 몇 번이고 쳐다봐도 저건 텐트였다.

이렇게 냄새가 나는 곳에서 텐트를 치고 산다?

그것도 어두침침한 곳에서 말이다.

텐트에선 약간의 불빛이 흘러나오고 있었다.

하루가 저 뒤쪽에서부터 바라보며 온 그 불빛이었다.
잠겨 있는 텐트에 조심스럽게 접근을 해서 지퍼를 열었다.
"계십니까……?"
텐트 안에는 있을 것들이 다 있었다.
부탄가스 렌지와 랜턴, 옆에 읽는 것인지 텐트를 고정시켜 놓기 위한 건지 쌓여 있는 책들, 바닥을 푹신하게 한 침대 매트… 여긴 사람이 사는 곳이었다.
옆에 흐르는 지하수에서 어떤 몬스터들이 튀어나올 수도 있는데 겁도 없이 이런 곳에 주거지를 마련해서 살고 있다니, 참으로 대단한 사람이겠거니 생각했다.
"누구냐, 넌."
언제 걸어왔는지 뒤에서 인기척과 함께 말소리가 들렸다.
꼬질꼬질하게 입은 옷들과 언제 씻었는지 모르는 피부색, 누가 보면 완전 흑인으로 오해할 만했다.
다 뜯어져서 물을 담을 수 있을지 없을지 모르는 바구니와 오른쪽 손에는 창 모양을 하고 있는 물건을 들고 나타난 50대 노인이었다.
고생을 많이 했는지 손에 주름이 가득했다.
"아, 저는 여길 지나가던 행인……."
팔딱! 팔딱!

지하수에서 뭔가 튀어 올랐다.

하루의 팔뚝만 한 괴생명체, 간단히 말하면 물속에 사는 몬스터인 셈이었다.

그 몬스터는 튀어 올라서 50대 노인의 목덜미를 향해 날카로운 이빨을 들이밀었다.

푹!

50대 노인이 들고 있던 창이 그 몬스터의 뱃가죽에 정확히 박혔다.

하루는 눈앞에서 보고도 놀라운 속도였다.

아무렇지도 않게 몬스터를 제압하고 바구니에 집어넣은 후, 50대 노인은 하루에게 다시 말을 했다.

"에…? 뭐어라고?"

"죄송합니다, 살려주십쇼."

하루는 예의 있게 고개 먼저 숙였다.

50대 노인은 터덜터덜 걸으며 텐트 쪽으로 걸어가서 앉았다.

그리고 하루를 애틋하게 쳐다보는 느낌이 전해졌다.

"이름이… 뭐여?"

"이하루라고 합니다."

"내 손자와 비슷하게 생겼구마… 이곳엔 왜 온 거여……?"

하루는 노인의 말에 어찌 대답할 수가 없었다.

마나가 있다는 것도, 마법을 쓸 수 있다는 것도 밝히기가 좀 그랬다.

지금은 그 누구도 믿을 상황이 되지 못했다.

그러나 이 노인에게 배울 것은 있어 보였다.

하루는 좀 전에 노인이 보여준 그 창의 움직임을 다시 떠올렸다.

순식간에 움직이고 바로 찌르는 모습은 그 어디서도 보지 못했다.

"창… 좀 가르쳐 주실 수 있습니까, 어르신!"

"그려, 그려… 밥은 묵었고?"

노인의 누런 이가 보였다.

하루를 향해 웃는 모습이 정말 하루의 할아버지라도 되는 듯 보였다.

지금 하루가 안전히 지낼 곳은 없었다.

돈도 없었고 돈 벌 방법도 딱히 없었다.

그저 이곳에서 힘을 키우는 방법밖에는 없었다.

처음엔 그저 착하게만 보였던 노인의 진짜 성격이 드러났다.

겉으론 하루를 위하는 척하고 있지만 말 하나 하나가 하루를 협박하고 있었다.

"빨리 안 끝내면 밥이… 없을 텐데… 괜찮냐, 하루야?"

"네, 네……."

하루의 일상은 이러했다.

처음 일어나서는 기본적인 운동들로 체력을 키웠고 그 다음에는 텐트에서 좀 떨어진 곳에서 사냥을 했다.

노인의 움직임을 보며 따라했다.

눈으로 쫓는 것에 한계가 있었지만 조금씩 따라갈 수 있게 되었다.

사냥감은 몬스터였다.

수중형 몬스터, 악어 이빨 물고기나 전기 빠진 뱀장어가 자주 등장했다.

그렇게 강하지는 않았지만 빠른 것이 문제였다.

순식간에 하루를 공격하려 했으며 심지어 물린 적도 있었다.

심한 독감에 걸린 것처럼 앓아누웠었지만 그래도 죽지는 않았다.

"후… 블링크."

노인의 눈이 잘 보이지 않는 곳이나 잘 때쯤이 되면 하루는 계속해서 마법을 썼다.

매직미러와 블링크, 공격 마법들은 노인이 눈치를 챌까 사용하지 못했고 나머지는 숙련도… 혹시 랭크가 올라서 다른 마법으로 변환이 되지 않을까 계속하여 사용한 것이다.

현재 기다란 나뭇가지를 어디서 주워서 윗부분을 깎아

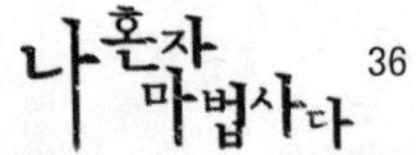

서 사용하고 있었다.

사람을 찌르거나 하는 살상력은 없었지만 충분히 물고기를 잡을 만큼은 되어서 다행이었다.

'마법보다 신체 능력을 올리는 게 빨라야 한다.'

게임에서 마법사 플레이를 보다 보면 순식간에 공격을 당해 죽는 경우들을 봤다.

물론 컨트롤을 잘하지 못해서 그런 것도 있었지만 근접전에는 약해서였다.

이곳에서 지내면서 레벨이 몇 올랐다.

그리고 보너스 스텟을 전부 지능에 투자, 근접전을 한답시고 체력이나 민첩성을 올리면 이도 저도 않은 사람이 될 수가 있다는 것이 하루의 판단이었다.

"하루야… 근데 왜 이리 사는 게야. 햇빛 보며 살아야지."

"그래야죠, 할아버지. 히히. 할아버지도 같이 나가야죠."

"아니, 나는 괜찮다. 이 늙은 게 나가서 뭘 해. 이곳에서도 충분히 행복하다."

사실 하루는 말을 할까 말까 고민을 하고 있었다.

얼마 전, 반복된 창 수련과 체력 훈련 등으로 새로운 스킬이 생기고 힘과 민첩성도 어느 정도 올랐다.

"떠나려 합니다, 할아버지."

이곳, 하수도에 들어온 지 며칠이나 지났는지 모르겠다.

졸리면 자고, 훈련하고 사냥하고 밤낮도 어찌 바뀌는지 모른 채 그렇게 시간을 보냈다.

아쉽게도 마법이 바뀌거나 하는 좋은 소식은 없었지만 스킬이 생겼다.

근접, 창으로 하는 스킬이 말이다.

물론 소림사에 있는 사람들을 이길 수는 없겠지만 이 나라에 있는 동안에는 어느 정도 자신을 지킬 정도는 될 것이었다.

"…갈 사람은 가야지. 잘 지내야 한다. 밥도 잘 챙겨 먹고."

노인의 눈에서 눈물이 몇 방울 떨어졌다.

그동안 말도 잘 하지 않고 제대로 가르쳐 준 적도 없지만 잘 배우고 나가는 하루의 표정에서 즐거움이 느껴졌다.

정든 사람을 떠나보내는 심정은 모두 이들과 똑같을 것이다.

좀 더 잘해주고 좀 더 아껴줄걸.

하루는 노인에게 절을 올렸다.

그동안 아무것도 묻지 않고 같은 곳에서 잘 수 있게 해줘서 고맙다는 뜻이었다.

"안녕히… 계십시오. 블링크."

절을 하고 일어나면서 바로 마법을 썼다.
사실 그동안 지내면서 노인이 하루의 마법을 한 번이라도 못 봤을 리 없다.
그 사실을 알고 있는 하루는 바로 노인의 눈앞에서 사라진 것이었다.
"흐… 흐흑……."

아파트 단지 한복판에 웬 꼬질꼬질한 남성이 모습을 드러냈다.
눈물을 닦는 모습조차 냄새가 나게 생겼고 도시에 얼마 없는 파리들이 자기 친구라며 남성에게 꼬이기 시작했다.
처음 봤을 때의 노인과 같은 냄새와 같은 모습을 하고 있는 하루, 자기 자신은 알아채지 못했지만 아파트의 주민들은 하나같이 인상을 찌푸리고 있었다.
"하… 하……."
이 얼마 만에 보는 햇빛인가.
어느 정도 눈물을 흘리다가 주변을 향해 눈을 뜬 하루는 상쾌한 공기를 들이마셨다.
온몸이 정화되는 느낌, 왠지 모르게 그동안 느끼지 못했던 찝찝함에 급히 목욕탕을 찾았다.
카운터에 앉아 있던 사람이 입을 쩍 하니 벌렸다.

그리고 손을 코와 입으로 가져다 댔다.

"꼭, 꼭! 샤워 싹 하고 탕에 들어가셔야 합니다. 알겠죠? 네?"

하루는 계속해서 당부를 하는 카운터 아줌마에게 고개를 끄덕이며 목욕탕으로 들어갔다.

샤워기에 몸을 맡기며 때 빼고 광을 내는 하루, 목욕탕에 사람은 별로 없어서 시선을 덜 받았지만 온갖 더러운 것들이 바닥으로 떨어지는 하루의 곁에는 아무도 없었다.

어느 정도 씻으니 원래의 하루 모습으로 돌아온 것 같았다.

그와 함께 개운함을 느끼고 하루는 적당히 뜨거워서 몸이 노곤 노곤해지는 정도의 탕에 몸을 맡겼다.

—체력과 마나의 회복 속도가 5% 상승합니다.

—몸의 노폐물들이 빠져나가고 있습니다. 민첩성 영구적으로 2 상승합니다.

하루는 그동안 했던 고생들을 생각했다.

노인의 옆에서 배우고 자고 사냥과 훈련을 하고… 스킬도 습득하고 말이다.

"아, 스킬 확인."

창 마스터리

창을 자유자재로 다룰 수 있다.
사용하며 할수록 힘과 민첩성이 상승한다.
공격력 : +5 **힘** : +5 **민첩성** : +5

비팅 스피어
마구잡이로 창을 휘두른다.
사용자가 제대로 창에 대한 이해도가 높을수록 치명률이 증가한다.
치명률 : +5 **민첩성** : +5

단 2개.

창에 관련된 스킬이었다.

스킬을 얻는다는 것은 매우 어려웠다.

하루처럼 죽을 둥 살 둥 하지 않은 이상은 힘들었다.

숙련도라는 것이 정말 존재하는지 모르겠지만 아마 실전에서 더 잘 오르는 것 같았다.

레벨 또한 하수도에서 물고기를 잡는 것만으로는 이제 오르지가 않았다.

1마리를 잡으면 0.02% 정도 오르기 때문에 어지간한 노가다가 아니라면 레벨 업을 하기 힘들었다.

하루는 더 많고 높은 레벨의 몬스터를 향해 떠나야만 했다.

"상태창."

이름 : 이하루

레벨 : 18

체력 : 1300/1300	**마나** : 1600/1600
힘 : 29 (+5)	**민첩성** : 26 (+10)
지능 : 61	**행운** : 17

스텟들도 많이 성장을 했다.

물론 지금 사냥을 하고 있는 사람들 중에서는 하루를 뛰어넘는 자들도 많을 것이다.

몬스터 사냥만 잘하더라도 레벨이 오르고 스텟을 찍으면 신체적인 능력들이 향상된다.

"어디로 가야 하지……."

그것이 고민이었다.

어디로 가야 무슨 몬스터가 있고 얼마나 강한지 알아야만 했다.

그냥 무작정 아무 곳이나 가는 방법도 있지만 그러다가 죽기 딱 좋았다.

몬스터들이 늘어나며 죽어간 사람들이 한둘이 아니다.

심각한 문제로 뉴스에서도 자주 나왔었다.

"정보를 얻어야 하는데……."

한숨을 쉬고 물속으로 풍덩! 얼굴까지 담갔다.

다시 올라와서 입안에 걸렸던 게 있어서 손으로 집어서 바라봤더니 짙은 회색 빛깔을 띠고 있는 때였다.

그러고 보니 아까보다 물이 탁해져 있었다.

몸 안에 있는 때가 떨 빠졌나 보다.

오빠라고 할게요

목욕탕을 나온 하루는 어디로 가서 어떻게 알아내면 잘 알아냈다고 소문이 날까 고민을 했다.

책에서 보면 이럴 때는 유흥가에 들어가서 술 한잔하면서 정보를 얻는다는 것이었다.

물론 하루가 미성년자가 아니기 때문에 그럴 수는 있지만 돈이 없었다.

"아, 돈 버는 것도 문제구나……."

상쾌한 공기, 초저녁이었다.

이제 냄새나 꼬질꼬질하게 생겨서 하루를 쳐다보는 사람들은 없었다.

가까운 마트에서 제일 싸 보이는 트레이닝복을 구입했기 때문이다.

전에 입던 옷들은 전부 버려 버리고 나무로 만든 조잡한 창과 가방을 인벤토리에 넣은 채 있었다.

앉아서 고민을 하다가 우연히 눈에 카페가 들어왔다.

시끄러운 사회와 달리, 우아함을 간직하고 있는 브랜드 커피 카페, 하루는 커피가 마시고 싶은 것이 아니었다.

'노트북…….'

인터넷!

왜 이제야 생각이 난 거지?

하루는 가까운 곳에 PC방이 있나 둘러봤다.

우리의 시대는 정보화 시대, 여자들이 자주하던 블로그와 SNS는 성별을 뛰어넘어 남자들도 즐겨 하는 것들이었다.

많이 정확하지는 않지만 어느 정도의 정확성과 방대한 지식들이 있는 곳을 간과하고 있었다.

"찾았다~!"

아파트 건물들을 좀 돌아보니 오든지 말든지 PC방이라고 하나가 있었다.

안으로 들어가자 제일 먼저 컴퓨터들이 반겼다.

손님이 별로 없었는데 아마 흡연 시설이 없기 때문일

것이었다.

지금은 이런 공공장소에서의 흡연이 금지되어 있기 때문에 흡연을 하는 것은 불법이었다.

물론 불법적으로 흡연을 할 수 있게끔 하는 곳도 있었다.

그리고 그런 곳에는 손님이 많이 있었다.

구석진 곳으로 들어가 컴퓨터 전원을 눌렀다.

혹시나 인터넷 추적 같은 것을 할 수도 있었으니 비회원증 카드를 가지고 와서 입력했다.

1시간에 1,500원.

장사가 안 되니 많이 비싼 듯싶었다.

"여기, 물이요."

알바생이 친절하게도 얼음이 둥둥 떠 있는 물을 가져다줬다.

약간의 고개를 숙여 감사한 표시를 하고 하루는 바로 네이년에 들어갔다.

검색 사이트 1위를 끝까지 지키고 있는 네이년, 들어오자마자 보인 것은 검색 랭킹이었다.

1. 환상 게임 바이러스
2. 사냥터 추천
3. 스킬 얻는 법

4. 대장간 위치

……

하루가 찾으려 했던 것들이 모두 있었다.

"일단 사냥터……."

글을 클릭하니 각종 블로그와 뉴스들이 나열되어 있었다.

그중에 유독 눈에 띄는 하나의 글이 있었다.

'진짜 몬스터가 나오는 곳이라…….'

제목 : 진짜 몬스터가 나오는 곳.

작성자 : 님이하셈

내용 : 안녕하심? 진짜 검도 스킬 배우고 있는 사람인데, 진짜 몬스터 봤음.

와~ 대박. 내가 생각했을 땐 사람 별로 없는 곳이나 산, 숲으로 가면 강한 몬스터들 있는 듯.

아무도 산에 안 가길래 한 번 가봤더니 엑스텀프, 그 나무 괴물 천지였음.

초반에만 봐서 모르겠는데 여튼 장난 아님. 죽고 싶으면 가봐도 됨.

내가 갔던 곳은 소요산이었음. 그 동두천 지역 미군 살던 곳 공사하는데 지금 공사 중단되고 이상한 몬스터 나온다는 소식도… ㄱㅡ 장난 아님.

마치 초등학생이 쓴 것 같은 말투였다.

동두천이면 얼마 떨어지지 않은 곳이었다.

소요산도 가깝고 말이다.

지금 하루가 있는 곳이 의정부이니까 전철로 가면 금방이었다.

30분 정도면 도착을 한다.

하루는 소요산과 동두천 지역을 외우면서 또 다른 글들을 찾아봤다.

제목 : 지역마다 몬스터 분포.

작성자 : 인생 참…

내용 : 여러 사람들 얘기를 들어보고 분석한 결과, 몬스터는 어디서든 나타날 수 있고 환경이나 지역에 따라서 나타나는 몬스터가 다르다고 합니다.

예를 들면 바닷가 주변에는 킹크랩이라는, 보통 꽃게들보다 10배는 큰 몬스터가 등장하고 산으로 가면 트롤 같은 몬스터들이 출현하는 것과 같은 것이겠죠.

실제로 보진 못했으나 이러한 가능성이 여기저기 배제되어 있습니다.

조심해야 할 곳은 '산'과 '바다'입니다. 그리고 '폐가'죠. 자칫 유령 형태의 몬스터가 출현할 수 있습니다. 가시려면 성수라도 사서 들어가셔야 합니다.

"음… 사람 없고, 산이나 바다면 렙 좀 높은 애들이 나온다는 거지……?"

하루는 글들을 보며 고개를 끄덕였다.

또 하나의 글을 더 봤는데 도시나 사람이 많은 시장 같은 곳에서도 충분히 몬스터가 튀어나올 수 있다는 것이었다.

"대장간? 이런 것도 생긴 건가."

우리나라에 대장장이라는 직업이 있긴 있었지만 거의 극소수, 그리고 자신의 직속 계통에게만 기술을 전수해 왔기에 수가 많이 적었다.

아무래도 세상이 게임화되면서 대장장이의 중요성이 높아지고 있는 것이 추세였나 보다.

뉴스 기사를 보다가 옆에 관련 동영상이라고 뭔가 떠 있어서 하루가 클릭을 했다.

KBC 국민 9시 뉴스였다.

[안녕하세요, 한서경 기자입니다. 첫 번째 소식입니다. '환상 게임 바이러스'가 퍼지면서 알 수 없는 괴생명체들이 나타나기 시작했고, 그들을 처단하기 위해 국민들이

파티라는 것을 구하기 시작했습니다. 여러 명이 뭉쳐서 괴생명체를 처치하는 방법으로, 효율적으로 괴생명체들의 개체수를 줄여나갈 것으로 보도되고 있습니다. 두 번째 소식입니다. 시대를 읽어 대기업들이 대장간과 잡화점이라는 가게들을 오픈할 준비를 하고 있습니다. 앞으로 새로운 시장과 많은 일자리 창출될 것으로 전망되고 있습니다. 마지막 소식입니다. 곳곳에서 '헌터 길드'라는 곳이 늘어나고 있는 추세입니다. 능력이 있는 사람들을 모집해 같이 집단생활을 하며 서로 상부상조하는 곳이라고 합니다. 떠들썩한 세상이 되었음에도 나라를 위해 희생하시는 분들에게 감사드리고 있습니다. 오늘 소식은 여기까지입니다. 지금까지 한서경 기자였습니다.]

하루는 보는 내내 집중을 하고 있었다.

무슨 뉴스에 정보가 더 많나 하는 의문이 생기기도 했다.

아무래도 지금 이 위기들을 극복해 나가기 위해 정부에서 정보들을 뿌리고 있는 것이라 생각을 했다.

'잡화점과 대장간.'

하루가 지금까지 모은 잡템을 팔고 무기를 구할 수 있는 곳들이 생겨난다는 소식은 한줄기 빛과도 같았다.

한가하게 음식점이나 편의점 같은 곳에서 알바를 할 상

황이 되지 못하는 하루에게 미소를 짓게 해주었다.
계속해서 보다 보니 어느새 사용 시간이 1시간을 향해 달려가고 있었다.
요금을 계산하고 나온 하루는 전철에 몸을 맡겼다.
소요산, 몬스터들 덕분에 사람들의 발걸음이 끊긴 그곳으로 가야 했다.
덜컹, 덜컹. 덜컹, 덜컹.
붉은색으로 노을 진 하늘을 보니 마음이 편안해지는 것 같았다.
라베가 속한 ∀는 아마 하루가 이 지역을 벗어나서 다른 곳에서 활동을 하고 있는 줄 알고 찾아 헤매고 있을 것이었다.
그들의 눈을 피하고 레벨도 올리기 위해선 소요산은 최적의 장소였다.
전철 안에 사람은 그다지 없었다.
소요산이 있는 곳이 1호선의 끝이기도 했고 젊은 사람들이 그다지 많은 것도 아니었다.
"엄마~ 새다, 새. 크다. 헤에……."
하루의 맞은편에 앉은 여자아이가 사탕을 들고 있던 손을 바깥으로 향했다.
그런 모습을 보고 하루는 슬쩍 웃었다.
저 나이대는 뭐든 신기할 때지.

지나가는 자동차만 봐도 '붕~ 붕~' 입으로 소리를 내며 잘만 노는 아이들의 순수한 눈이 어쩔 때는 부러울 때가 있었다.

"하, 학생……?"

여자아이의 엄마가 여자아이의 눈을 가리며 하루를 사색이 된 표정으로 쳐다봤다.

하루는 붉은 하늘을 감상하다 여자아이의 엄마의 목소리를 듣고 고개를 갸우뚱거렸다.

툭. 툭.

여자아이 엄마의 손이 하루의 뒤를 가리키려고 올라가던 중, 하루의 뒤통수에서 창문을 두들기는 소리가 들렸다.

재빨리 일어나며 뒤를 돌아보니 커다란 새였다.

그냥 새도 아닌 것이 여자 모습의 몸체를 가지고 있었다.

"하, 하피……?!"

자주 판타지 책에 등장하는 몬스터였다.

여성형 몸매와 얼굴을 가진 비행형 몬스터, 하루가 아는 지식에서 하피는 좀 높은 레벨의 몬스터였다.

자칫하면 이 전철이 떨어질지도 몰랐다.

하루는 주변을 둘러봤다.

지금 이 칸에 앉아 있는 사람들을 보면 노인들이 태반

이었다.

"전철 세워야 할까요? 네?"

언제부턴가 하피를 봤는지 벌써 전철 기사와 직통으로 연결된 전화기를 들고 있는 여성이 있었다.

"세우면 안 돼요! 더 달려야 돼!"

지금 이곳에서 세우면 무차별적으로 공격할 것이 뻔했다.

차라리 끝까지 달리는 것이 나았다.

—이번 역은 덕계, 덕계입니다.

하피의 날카로운 손톱에 전철 창문이 깨졌다.

그러나 안으로 들어오지 못하는 몸집을 가져서 어떻게 하지도 못하고 하피는 옆을 계속 날아서 쫓아왔다.

"지금 세우면 다 죽는다고 말하고 끝까지, 역 끝까지 달리라고 하세요!"

"ㄴ…네! 저기요, 기사님… 이거 세우시면 안 된다고… 네. 예, 알겠습니다."

사고가 난다면 하루 혼자서 블링크로 빠져나가면 된다.

하지만 그것도 혼자일 때뿐이었다.

"엄마……."

여자아이가 계속 눈에 밟혔고, 눈치가 있는 건지 없는 건지 카메라로 하피를 찍고 있는 사람도 있었다.

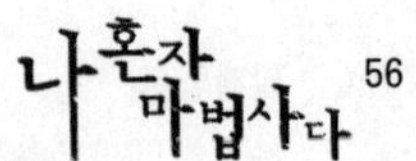

자기가 죽을 상황인 것도 모르고 말이다.

'하피, 좀만 떨어트리면 된다.'

"주변에 군대가 있을 겁니다. 최전방이니까… 빨리 지금 이 전철 따라오라고 전화 좀 해봐요!"

"저… 군대 버, 번호가……."

"에이 씨! 경찰에 연락해요!"

하루가 지금 생각하고 있는 것은 하피를 공격해서 겁만 먹고 도망치게 하려는 것이었다.

그렇지만 마법을 쓰기엔 뒤에 앉아서 카메라로 찍고 있는 사람이 너무나도 부담스러웠다.

쿵!

하피가 발로 전철을 밀어내니 전철이 크게 흔들렸다.

자칫해서 바퀴 하나가 옆으로 새기라도 하면 그대로 이 전철 안의 사람들은 전부 죽는 것이었다.

"젠장… 젠장! 파이어-버스터!"

하루의 양옆에 총 4개의 구체가 생성되었다.

아마도 지능이 많이 올랐기에 생성할 수 있는 구체가 늘어난 것으로 보였다.

주변을 보고 한숨을 쉰 하루는 하피에게 손짓했다.

그러자 정확히 하피를 향해 활활 타오르는 구체가 날아갔다.

그 여파로 전철의 옆면에 부딪힌 하루는 어깨에서 전해

져 오는 통증 때문에 신음 소리를 내었다.

하피가 이상한 비명 소리를 내며 저 멀리 떨어졌지만 죽었는지 살았는지 몰랐다.

이 전철을 벗어난 것으로 다행이라 여겨야 했다.

"방금 그건……."

"마법?"

"엄마, 저 오빠 마법사야? 마법사?"

전철 안은 하루를 신기하게 쳐다보는 눈뿐이었다.

하루는 카메라로 찍고 있던 사람에게 다가갔다.

"그것 좀… 지워주시면 안 되겠습니까…?"

"…죄송합니다, 죄송합니다. 이거 자동이라……."

딸칵.

그 사람이 동영상 녹화를 중지했다.

그와 함께 올리기를 완료했다는 창이 떠올랐다.

'망했다. 그 사람들이 보기라도 하면…….'

"얼굴은 안 찍혔어요. 정말입니다."

하루가 축 쳐져 있는 동안, 옆에 여자아이가 다가왔다.

그리고는 사탕 하나를 하루에게 내밀었다.

"오빠, 고마워. 엄마가 이렇게 말하랬어. 음… 마법사 오빠. 히히. 이거 먹어."

"고맙다."

여자아이의 귀여운 웃음 때문에 사탕을 받아 들면서 웃어줬다.

—이번 역은 동두천, 동두천입니다.

다음 역이 소요산이었지만 하루는 혹시 모르는 사태를 대비해서 동두천에서 내리기로 했다.

아직 정정하신 노인분들이 내리는 하루에게 연신 고맙다고 인사를 했다.

하나하나 인사를 받으며 내린 하루는 소요산을 향해 걷기 시작했다.

왜 자신이 있는 곳에만 이러한 일이 생기는지 궁금했다.

아니, 하늘이 원망스럽기도 했다.

“나한테 뭐 억하심정 있습니까… 후.”

믿는 종교가 없었지만 하루는 나중에 기도라도 좀 해야겠다 생각을 했다.

혹시나 이런 일들이 기도로 인해서 생기지 않을 수도 있지 않는가.

“저기요!”

누군가 좀 멀리서 뛰어오며 하루를 불렀다.

아까 전철에서 봤던 얼굴로 기억을 하고 있었다.

그냥 잊어버리기엔 좀 아까운 얼굴이었기 때문이다.

“제 이름, 서지영이에요. 서지영. 마법사 님.”

숨을 몰아쉬는 도중에도 여성은 자신을 서지영이라고 소개했다.

하루는 그 모습에 의심 먼저 하기 시작했다.

전에도 누굴 도와주다가 라베를 만났기 때문이다.

이렇게 자신을 쫓아오는 것도 이상했고 말이다.

"절 왜 부르신 거죠?"

"그냥… 따라가도 될까요?"

"안 됩니다. 위험합니다."

하루는 바로 등을 돌리려 했다.

너무 단호해서 단호박이 생각났지만 서지영은 입술을 살짝 깨물고 하루에게 소리쳤다.

"좋, 좋아한단 말이에요!"

"……?!"

언제 봤다고 자신에게 좋아한다고 말을 하는가?

설마 전철에서 자신을 구해준 용사로 생각하는 것은 아닐까, 그래서 한눈에 반하고 자기 자신도 일이 있는데 하루를 따라왔다면 이해가 어느 정도 됐다.

'거절해도 절 따돌릴 수는 없어요. 마법사 님…….'

서지영은 살짝 혓바닥을 내밀고 웃어 보였다.

아주 그냥 맛이 간 듯한 표정과 눈빛으로 하루를 보는 것이, 잡아먹을 것만 같은 여우의 얼굴이었다.

'아, 당황하는 모습도 멋있으셔… 어떻게 해.'

하루는 침을 꼴깍 삼켰다.

자신을 좋아한다.

그것도 아리따운 여성이 말이다.

나이가 얼마나 되는지 몰랐지만 20세인 하루보다는 많을 것이 뻔했다.

"아, 안 되는데… 안 되는데……."

"그래도 따라갈 거예요."

서지영은 안 된다며 뒷걸음질 치고 있는 하루에게 범접할 수 없는 극강의 콧소리를 내며 하루에게 한 발짝 다가갔다.

자신에게 좋아한다 말을 해서인지 처음 그 목소리와 마음가짐으로 안 된다고 말을 할 수가 없었다.

"저기, 그… 제가 가는 곳은 위험한데… 이러시면……."

하루는 지금 소요산을 향해 가고 있는 중이었다.

어떤 위험이 도사리고 있을지 모르는데 여자를 함부로 데려갈 수는 없었다.

이 사람이 어떤 사람인지도 모르고 말이다.

"가~자~! 오빠!"

"저, 저기… 나이가 저보다 많아 보이시는데……."

서지영은 하루에게 팔짱을 거리낌 없이 꼈다.

하루는 순간 많은 공기를 들이마셨다.

여자라고는 알지도 못하는 하루에게 이런 경험이라니,

당황할 만했다.

길거리에 나가면 꽤나 눈길이 가는 하루의 얼굴이었지만 좀 소심했고 남중, 남고를 나왔기에 여자를 대해본 경험이 없었다.

"그냥 오빠 해."

서지영이 팔짱을 끼고 나서 하루는 말수가 급격히 없어졌다.

그저 걷기만 했다.

"근데 어디 가는지 아시는……."

"자야지."

"네에……?!"

"이제 곧 저녁인데 어디 가려고. 적당한 데 자리 잡고 자야지. 텐트는 나한테 있으니까……."

소요산이 얼마 남지 않았다.

눈 가까운 곳에 소요산이 보였는데 이 여자는 지금 자자고 한다.

항상 어디든 누울 곳만 있다면 그냥 잤던 하루였다.

지영처럼 텐트라는 고급 장비가 있을 리 없었다.

원래 하루의 목표는 초반에 나온다는 엑스텀프를 잡는 것이었다.

커다란 나무 묘목에 도끼가 박혀 있는 몬스터.

"말한 김에 텐트!"

서지영은 바로 인벤토리에서 텐트를 꺼냈다.
하루와 서지영이 지나고 있는 길에 사람은 다니지 않았다.

나름 커다란 텐트의 위용에 놀란 하루는 얼떨결에 서지영의 옆에 누웠다.

아니, 강제로 눕혔다고 해야 하나.

마치 빙결—빙하장막에 걸린 듯 얼어붙은 하루는 마른 입술에 침만 꼴깍꼴깍 삼킬 뿐이었다.

우연히 만나고 얼떨결에 같이 누웠다.

도저히 심장이 벌렁거려서 같이 있을 수가 없을 것 같았다.

잠도 오지 않고 말이다.

어느새 서지영은 잠에 든 듯 쌔근쌔근 숨소리를 내고 있었다.

조심스럽게 텐트 밖으로 나오니 하늘에 별들이 보였다.

아무래도 소요산은 내일 가야 할 것 같았다.

그렇게 하루가 밤하늘을 바라보고 있을 때, 지영은 눈을 뜨고 그 뒷모습을 바라봤다.

'우리 만난 것, 처음 아니에요.'

추적

엄청난 집착을 가진 자에게만 주어지는 능력이다.
손길만 스쳐도 언제 어디 있는지 알 수 있다.
민첩성 : +10

지영의 스킬 중 하나였다.
이 스킬이 있었기 때문에 하루를 찾을 수 있었다.
우연히 전철에서 만난 것만은 아니었다.
계속해서 체력이 닿는 데까지 따라다닌 것이 바로 지영이었다.
찝쩍거리는 아이들 때문에 위험할 때도 있었지만 그들은 지영의 상대가 되지 못했다.
"아, 귀여워. 같이 자야 하는데~ 아기도… 히."
지영은 벌써부터 많이 나가 있었다.
혼자 상상을 하며 눈을 감았다.

"후우……."
하루는 뒤에서 열심히 따라오고 있는 지영을 보고 한숨을 쉬었다.
이제 소요산의 입구였다.
이 주변에 사는 사람은 없는 것 같았다.

소요산에서는 뭔가 어둑어둑한 기운이 느껴졌다.

"괜찮겠어요?"

"괜찮아요, 오빠~"

아주 오빠라는 호칭이 입에 벤 듯한 모양이다.

하루는 지영까지 이제 자기가 지켜야 할 것 같은 생각에 두 어깨가 무거워지는 느낌이었다.

소요산 입구를 들어가자 바로 주차장이 보였다.

원래 많은 사람들이 찾던 곳이 소요산이었고 꽃놀이 같은 것들도 하고 공연도 많이 했던 곳이었는데 변해버렸다.

치릭— 치릭—

말은 하지 않았지만 나뭇가지 소리를 내며 바닥에 뿌리를 내리고 걸어오는 거대한 묘목이 보였다.

"인벤토리, 조잡한 나무창."

조잡한 나무창

이런 걸 어따 써먹으려는 걸까. 물고기를 잡기에도 힘들어 보인다.

앞부분만 뾰족하게 깍은 그냥 나무 쪼가리다.

공격력 : 5~12

설명과 공격력을 보면 한숨만 푹푹 나오는 그런 무기였

지만 유일하게 하루에게 있는 무기였다.

"안되면 뭐, 마법 쓰지."

마법에만 의존해서는 안 된다는 것이 하루의 생각이었다.

이 생각은 하수구 노인을 만났을 때부터 하고 있던 것이었다.

뒤에 있던 지영이 창을 보고 한심하다 보는 것인지, 처음 보는 몬스터 때문에 놀라서 그러는 건지 표정이 좋지 않았다.

'설마 저 나뭇가지로… 싸우는 건 아니지…? 우리 마법사 님…….'

그러고 보니 이름도 물어보지 못했다.

어떻게 생기고 어디 있는지는 알고 쫓았지만 이름을 몰랐다.

몬스터를 처리하고 이름을 물어보기로 하고 뒤에서 걱정스럽게 하루를 쳐다봤다.

"화이팅……!"

"하… 하하."

어색하게 웃는 하루.

엑스텀프가 바로 앞까지 다가왔다.

뭔가 찢어지는 소리가 나면서 뿌리 하나가 튀어나와서 하루의 머리를 향하고 있었다.

“비팅 스피어!”

하루는 마구잡이로 창을 휘둘렀다.

뭔가 찌르는 소리가 났지만 그건 어디까지나 소리일 뿐이었다.

데미지는 전혀 들어가지 않는 듯 하루를 향해 내려오던 뿌리가 하루를 찰싹 때렸다.

그와 함께 쭉 내려가는 체력, 하루는 속으로 욕을 하고 마법을 쓰기로 했다.

어차피 지영도 하루가 마법을 쓰는 것을 봤으니 별로 신경 쓸 것도 없었다.

하루는 맞은 곳을 부여잡으며 파이어-버스터를 시전했다.

그러자 하루의 양옆에 생겨나는 4개의 구체, 엑스텀프 1마리를 잡기에는 너무 많은 듯 보였다.

콰아앙-!

많은 데미지를 받고 그대로 먼지가 되어 버리는 엑스텀프, 하루는 생각보다 자신이 세다는 것을 알고 고개를 끄덕였다.

“와…….”

지영은 하루의 마법에 새삼 다시 한 번 화려함을 느꼈는지 입이 다물어지지 않았다.

엑스텀프가 사라진 자리에는 도끼가 꽂혀 있었다.

혹시 첫 몬스터부터 장비 아이템을 준 건가 하고 도끼를 들어 확인했다.

엑스텀프의 도끼

자네, 엑스텀프의 슬픔에 대해서 아는가?

누군가에게는 집이 되고 따듯한 불이 되고 자그마한 쉼터가 되는 나무를 마음대로 베어 동족을 잃는 뼈를 깎는 듯한 슬픔!

나무에게도 생명이 깃들어 있다.

숨도 쉰다.

생명을 소중히 하자.

당장 버리는 것이 좋을 듯싶다.

공격력 : 1　　**운** : −3

"……."

하루는 도끼의 옵션을 확인하는 즉시, 바닥에 내다버렸다.

도끼에게서 슬픔이 느껴졌지만 몬스터들이 나타난 것이 잘못이다.

"저기……."

서지영이 다가와 하루의 등을 톡, 톡 쳤다.

뭔가 부스럭 소리가 많이 들리길래 엑스텀프의 도끼를

던진 곳을 바라봤다.

그곳은 나무 천지였다.

아니, 자세히 말을 하자면 엑스텀프 천지였다.

"파이어-버스터!"

너무 놀란 나머지 하루는 엑스텀프가 몰려 있는 곳으로 마법을 쏴댔다.

쏘고 도망가려는 순간, 여성의 음성 메시지가 들려왔다.

-레벨이 올랐습니다. 스텟을 분배해 주세요.

-레벨이 올랐습니다. 스텟을 분배해 주세요.

-레벨이 올랐습니다. 스텟을 분배해 주세요.

레벨이 오르면서 마법 사용으로 줄어들었던 마나가 100%가 되어버렸다.

엑스텀프가 하루의 마법에 많이 죽었음에도 불구하고 개채수가 많은지 계속하여 나타났다.

하루는 슬쩍 웃으며 엑스텀프에게 다가갔다.

"너희… 경험치 꽤 많이 주는구나?"

폭발하는 데미지 때문인지 하루는 의도치 않은 몰이사냥을 하고 있었다.

초반에는 레벨이 잘 오르더니 계속되는 엑스텀프 사냥으로 인해 어느 순간부터 잘 오르지 않았다.

"와……."

하루가 올린 레벨은 총 7이었다.

혼자 미친 듯이 마법을 쏘아대서 대량 학살을 한 것이었다.

지영이 있다는 것도 잊어버리고 사냥을 하다가 이제 엑스텀프가 보이지 않는 것을 보고 멈췄다.

엑스텀프를 모두 처리하고 서지영에게 고개를 돌렸다.

어제는 얼떨결에 넘어갔지만 위험한 사람인지 아닌지 판별을 해야 했다.

하루는 돌려서 말하는 건 모른다.

그냥 직설적으로 말을 하기로 하고 입을 열었다.

무작정 인벤토리에 집어넣은 엑스텀프의 부산물들을 확인해야 했지만 지금은 앞에 있는 이 여성이 먼저였다.

"저기요, 대체 목적이 뭐예요……?"

아무 이유 없이 따라다닐 리가 없었다.

어제 말한 '좋아해서'라는 말은 누구나 할 수 있었다.

가만히 뒤에 서 있기만 했던 지영은 하루의 말에 입술을 쭉 내밀며 어제 말하지 않았냐고 말을 했지만 그런 애교에 하루는 그냥 넘어가지 않았다.

"진짜 저를 쫓아오는 이유가 뭡니까."

나름 정색을 하고 지영을 쳐다보는 하루, 계속 확인을

하긴 했지만 지영의 옷에는 ∀ 문양이 없었다.

사실 지영이 라베와 같은 사람이었다면 그들이 벌써 도착하고도 남을 시간이었다.

하루의 눈을 피해 현대 시대에서는 얼마든지 연락을 취할 방법이 있었다.

—엑스텀프의 학살로 인해 양지바른 곳에 뿌리내리고 있던 '트롤'이 깨어났습니다.

—보스 몬스터 '트롤'이 등장합니다. 트롤의 주변에 강화된 엑스텀프가 등장합니다.

쿵! 쿵!

땅이 울리는 소리가 들려왔다.

족히 5m는 될 것 같은 크기였다.

'싸워야 하나?'

하루는 고개를 도리질했다.

하루는 트롤의 위용에 지레 겁을 먹었다.

보스 몬스터라면 분명 강할 것이었다.

혼자서 잡을 수 있을지도 장담할 수 없었다.

싸우면 안 됐다.

이렇게 장담할 수 없는 싸움을 하다가 개죽음을 당할 수는 없었다.

"안 도망가요?!"

멍하니 서 있는 지영도 알림을 들었을 것이다.

표정 하나 변하지 않고 오히려 웃고 있었다.

'지켜줄 거면서.'

지영은 항상 하루를 믿고 있었다.

처음 봤을 때부터 자신을 지켜준 왕자님, 마법사.

지영은 하루를 처음 만났을… 아니, 만졌을 때를 회상했다.

화창한 날씨!

서지영은 어느 때와 같이 연락이 없는 남자 친구를 여유롭게 뒤쫓고 있었다.

어릴 때부터 지영은 한 가지에 빠지면 그에 대한 집착이 매우 심했다.

처음에 지영에게 다가가는 사람들은 지영이 예뻐서 좋아했다.

어디까지나 처음, 지영을 알기 시작하면 모두가 떠나갔다.

'저렇게 빼입고 어딜 가는 거야!'

추적 스킬 덕분에 더 효율적인 미행을 할 수 있던 지영은 들키지 않게 남자 친구의 뒤를 밟았다.

크루욱…….

지영의 뒤에서 갑자기 기분 나쁜 콧바람 소리와 함께 음침하고 눅눅한 느낌이 다가왔다.

도시에 몬스터가 나타난다는 것은 생전 듣지도 못했다.

여태까지 사람이 없는 곳에서만 산다는 몬스터가 왜 하필 자신의 뒤에서 나타난다는 말인가.

도시 안에 있는 모든 사람에게 알림음이 들렸다.

—험악한 얼굴과 무식한 힘의 대명사! '오크 사냥꾼'이 등장하였습니다.

—공포 상태에 걸렸습니다. 움직임이 제한됩니다. 민첩성 —20.

보통 사람들의 민첩 스텟은 20을 넘지 못했다.

사냥이나 운동을 열심히 한 사람들의 수치.

그 때문에 지영은 다리를 움직일 수 없었다.

오크의 손에 들려 있는 어마어마한 도끼!

보기만 해도 오금이 저렸다.

"아…아……."

딱 죽겠구나 싶을 때, 나타나서 남자 친구를 미행하고 있었구나 하는 생각조차 들지 않게 한 사람이 바로 하루였다.

모두를 구하진 못했지만 자신을 구하기 위해 밀치며 마법을 날린 자신만의 왕자님.

잠깐 닿은 하루의 손길을 잊을 수 없었고, 그 덕분에 추적을 할 수 있었던 것이다.

"달려—!"

잠시 지영이 생각에 잠겨 있을 때, 하루가 지영의 손을 덥석 잡았다.

하루는 쿵— 하는 소리와 함께 이마에서 아픔이 느껴지며 발걸음이 멈추게 될 수밖에 없었다.

—필드 보스 '트롤'을 처치하기 전엔 지역을 벗어날 수 없습니다.

귀에 울리는 알림음에, 하루의 얼굴은 보기 좋게 일그러졌다.

"하… 씨."

하루를 가로막은 결계 덕분에 하루는 다시 트롤을 바라볼 수밖에 없었다.

"이따가, 꼭 얘기해야 합니다. 목적이 뭔지."

긴박한 상황임에도 하루는 지영의 대답을 듣길 원했다.

그래야만 여기서 살아나갈 수 있을 것 같다는 생각이 들었다.

현재 남아 있는 마나는 별로 없었다.

기껏해야 블링크나 파이어-버스터를 한 번 정도 쓸 수 있는 양이었다.

물론 쓰고 나서 도망가면 안 되냐 묻는 사람도 있을 것이다.

그러나 뒤는 결계요, 앞은 뭐가 있을지 모르는 미지의 세계였다.

하루는 남은 마나를 어떻게 활용을 해야 하나, 머리를 굴렸다.

"얘기할게요, 오빠."

"그래요, 그럽시다."

번뜩하고 든 생각이었다.

정말 모 아니면 도.

하루와 지영의 생명이 걸린 것이었다.

하루는 자신의 앞까지 거의 다 온 트롤을 보며 인벤토리에 넣어두었던 나무창을 꺼냈다.

너무 허접하고 공격력도 바닥을 치던 무기였다.

"빙결-빙하장막."

하루의 마나가 급격히 줄어들며 하루가 꽉 쥐고 있던 나무창이 변화를 일으켰다.

있는 마나의 총 100%를 잡아먹는 스킬.

자신의 생각대로 되고 있다는 것을 인지한 하루는 슬쩍

입꼬리를 올렸다.

—'조잡한 나무창'이 차가운 마나를 먹고 있습니다.

—'조잡한 나무창'이 외부 힘에 의해 '단단한 아이스 스피어'로 변형되었습니다.

—마나에 대한 이해력이 증가했습니다. 마나 +1000

—깨달음으로 인해 스킬 '인첸트'가 생성됩니다.

많은 알림음이 들려왔지만 하루는 지금 제일 중요한 아이템 정보를 확인했다.

단단한 아이스 스피어

깨지지 않을 것 같은 얼음으로 된 창이다.

끝은 뾰족하지만 연필같이 생긴 것이 살상력이 있을지 의문이다.

단단해서 둔기로 사용해도 될 것 같다.

공격력 : 53~76

힘 : +10 **민첩성** : +5

그야말로 대박, 원래의 조잡한 나무창의 공격력의 5배가 넘었다.

얼마나 트롤에게 데미지가 들어갈지 몰랐지만 해볼 만했다.

"좋아, 해보자. 나무 괴물 자식!"

하루는 트롤에게 달려가 창을 찔러 넣었다.
트롤의 면적이 넓었고 생각보다 행동이 느렸었다.
첫 공격이 먹히자, 하루는 자신감을 갖고 트롤에게서 좀 떨어졌다.
굵직한 저 팔에 맞는다면 많이 아플 것이 뻔했다.
하루는 잠시 지영을 쳐다봤다.
방금 공격으로 인해 주변 엑스텀프와 트롤의 어그로는 모두 하루에게 끌렸다.
지영은 걱정하지 않아도 되겠다고 생각한 하루는 다시 자신의 공격 상대를 바라봤다.
"어… 어째서?!"
하루가 찌른 곳에 있어야 할 상처가 없었다.
하루는 트롤의 회복력을 알지 못하고 있던 것이다.
모든 몬스터 중에서 회복력이 으뜸이라고 알려진 트롤, 이기는 방법은 트롤의 회복력을 뛰어넘는 공격을 하는 것뿐이었다.
하루가 당황한 사이.
강화된 엑스텀프가 뿌리를 흔들어서 하루를 강타했다.
"커억—!"
숨이 잘 쉬어지지 않았다.
그래도 더 이상의 피해를 막기 위해 참으며 일어났다.

일어나는 도중에 보이는 검은 그림자, 거의 본능적으로 하루는 옆으로 굴렀다.

역시나 트롤의 굵직한 팔이었다.

하루는 두 손으로 창을 잡고 방금 공격으로 몸이 살짝 제어가 되지 않는 트롤에게 달려갔다.

"비팅 스피어!"

빠르게 움직이는 하루의 손!

격하게 소리를 내며 트롤이 반겨줬다.

곳곳에 생겨나는 구멍들은 모두 하루의 작품이었다.

다른 몬스터, 강화된 엑스텀프들의 손길(?)은 애써 무시하며 피하고 트롤에게만 공격을 퍼부었다.

크우오오오—

짜증이 났는지 트롤이 괴상한 소리를 내며 바닥에 가만히 섰다.

그리고 주변으로 뿌리들이 튀어나왔다.

완전 자리를 잡은 것이었다.

위기를 감지한 하루는 그 시간 동안 공격을 해댔다.

"죽어라!! 비팅 스피어! 비팅 스피어……!"

—중첩 데미지가 들어갔습니다!

—치명타!

—필드 보스 '트롤'을 처치했습니다.

—칭호 '트롤을 이긴 자'를 습득하였습니다. 체력 회복

초당 +5.

—레벨이 올랐습니다. 스텟을 분배해 주세요.

많은 알림음이 들려왔다.

하루는 거친 숨을 내쉬며 떨어져 있는 아이템들을 주웠다.

다행히도 강화된 엑스텀프는 트롤이 죽는 것과 함께 사라졌다.

하루는 처음 보는 아이템들을 일단 인벤토리에 넣은 뒤 안전한 곳으로 가서 확인을 하기로 생각했다.

"후우……."

미소를 지으며 하루는 지영에게 고개를 돌렸다.

지영은 별로 피해를 보지 않고 잡은 하루가 대견스럽고 사랑스러워 보였는지 활짝 미소를 지었다.

"역시… 맞았어… 믿는 게 아니었어!"

하루의 눈에는 지영이 웃는 게 자신을 조롱하는 것으로 보였다.

지영의 뒤로 ∀문양이 새겨진 옷을 입은 자들이 뛰어오고 있었다.

걷잡을 수 없는 배신감을 느끼며 하루는 산을 올라갔다.

"……?"

갑자기 뛰어 올라가는 하루를 보고 지영은 고개를 갸웃

거리며 뒤를 쳐다봤다.

그러자 정확히 보이는 ∀ 문양, 하루가 왜 자신을 내팽개쳐 두고 가는지 알 것 같았다.

∀ 문양 사람들, 지영도 하루가 아는 만큼은 ∀에 대해 알고 있었다.

잠깐 본 것으로는 라베가 없었다.

아마 주변에 있던 ∀가 하루의 파이어-버스터의 소리를 듣고 온 것으로 추정됐다.

지영도 하루를 따라 뛰었다.

슈욱-슈욱- 하는 소리와 함께 하루와 지영이 뛰어간 자리엔 엑스텀프들이 리젠되고 있었다.

"아니라고! 난 아니야!"

"서라- 이 자식들!!"

지영은 하루를 쫓으며 소리를 질러댔다.

∀문양 사람들도 소리를 질렀지만 눈에 보이는 엑스텀프들에 뒷걸음질을 쳤다.

'질겨.'

하루는 비팅 스피어를 많이 써서 얼얼한 팔을 붙잡으며 달리고 뒤에 따라오는 지영을 쳐다봤다.

아직도 자신을 따라오고 있었다.

그러나 좀 전까지 쫓아오던 ∀문양 사람들은 보이지 않았다.

크르릉—

엎친 데 덮친 격이라고 하루의 앞에 늑대 1마리가 낮은 울음소리를 내며 나타났다.

뒤에는 ∀로 의심되는, 만난 지 하루가 된 서지영의 앞에는 늑대가 날카로운 이빨을 드러내고 있었다.

'시험해 보는 수밖에…….'

아닐 수도 있겠다는 생각이 문득 들었다.

정말 아니란 듯 애절하게 자신을 부르는 지영의 모습에 마음이 흔들린 것이었다.

하루는 몸을 부르르 떨며 뒷걸음치다 발이 걸린 척 넘어졌다.

늑대는 이때다 싶어 푸른 안광을 번뜩이며 하루에게 뛰어들었다.

지영도 그 모습을 전부 보고 있었다.

하루를 거의 다 따라잡고, 늑대도 발견했다.

"아, 안 돼……!"

몸을 날리면 어떻게든 막을 수 있을 것 같았다.

일단 지영도 여자였기에 두려웠다.

'그다음은… 구해주겠지…….'

지영은 하루에게 뛰어드는 늑대에게 몸을 날렸다.

"꺄아아아—!"

어깨와 머리 쪽에서 고통이 느껴졌다.

지영이 자신의 눈앞에 피를 튀긴 채 엎어지자, 하루는 걱정이 되면서 한편으로는 고마웠다.

크릉—

갑작스럽게 자신의 공격을 막은 것이 무엇인지 확인한 늑대는 더욱 날카롭게 울었다.

'어디서 늑대 주제에…….'

넘어졌다 일어난 하루가 늑대를 노려봤다.

"파이어—버스터."

커다란 화염구들이 늑대를 뒤덮었다.

대한민국 최고 엘리트들이 일을 한다는 대한 병원의 한 병동.

긴급 치료실에서 치료가 행해지고 있었다.

여기저기 다치고 찢어지고 멍까지 들어 있었다.

"조 선생님."

"알겠습니다. 힐—"

병원에서 제일 힐의 숙련도가 높은 조민환 선생님이었다.

체력을 소모해서 남을 치료해 주는 스킬 '힐'은 거의 모든 의사가 지니고 있는 스킬이었다.

직업에 따라 생성되는 스킬, 간호사들에게는 '간병' 스킬이 생겨 있는 것과 같았다.

조 선생의 힐에 의해 차가운 치료대에 수면 마취가 된 채, 누워 있는 여자아이의 상처들이 아물기 시작했다.

쾅!

밖에서도 치료실의 안쪽이 보였다.

긴급 치료실이기 때문에 가릴 만한 것이 없었다.

누워 있는 여자아이를 보며 눈물을 흘리며 치료실의 창문을 한 남성이 쳐댔다.

"이선혜 보호자님……."

"저 안에 있는 내 딸 살리지 않으면, 살 수 있게 해놓지 못하면 전부 죽일 거야."

여자아이, 선혜의 보호자인 듯 남성은 무섭게 자신을 부른 간호사에게 말을 했다.

'똑같이… 아니— 더 고통스럽게 죽일 것이다.'

감히 자신의 딸을 건드리다니!

같은 학교 학생들의 짓이었다.

비가 오고 한적한 곳에서 딸을 잡아서 폐가로 끌고 가서 강간을 한 것이었다.

"…괜찮을 겁니다. 요즘 이런 일들이 왜 일어나는지……."

간호사가 건넨 서류에 이아선이라고 사인을 한 후, 다

시 치료실을 바라보며 한숨을 내쉬었다.

간호사가 말한 것처럼 강간이나 강도, 살인 등 요즘 같은 세상에서 사는 일이 자주 일어나고 있었다.

능력을 이용한 범죄들이었다.

세상이 게임화가 되면서 치안은 급하락, 힘이 없는 자들만 불안에 떨기 시작한 것이었다.

"정신 차려… 응? 우리 선혜야……?"

"가… 가!"

며칠 후에나 깨어난 이아선의 딸 선혜는 극도의 불안 증세를 보이고 있었다.

강간에 대한 기억에 후유증에서 깨어나지 못하고 있는 것이었다.

"야! 이 자식아, 선혜 돌려놔. 치료하란 말이야! 스킬 있잖아. 안 그래? 원래대로 돌려놓으라고……."

아선은 집도의였던 조 선생님의 멱살을 잡으며 무릎을 꿇었다.

"죄송합니다, 마음의 병은……."

힐로도 어쩔 수 없었다.

힐은 상처만 치료되는 것이었지, 마음까지는 치료가 안 됐다.

'그 새끼들.'

아선은 무서운 얼굴을 하고 자리에서 일어났다.

그리고는 병실 밖으로 뛰어 나갔다.

“아선 씨, 이아선 씨!”

간호사가 아선을 불렀지만 아선은 들리지 않았다.

선혜, 자신의 딸을 저렇게 만든 아이들을 알고 있었다.

“올 스텟 힘에 투자.”

공사판에서 일을 한다고 하면 무시해서는 안 됐다.

그곳에서 나오는 몬스터는 전부 직접 일을 하는 사람들이 잡기 때문에 아선의 레벨은 꽤 높았다.

“전부… 죽인다.”

라베는 독이 잔뜩 올라 있었다.

어떻게 하는 것인지 잘도 빠져나가는 이하루, 확실히 잡기 위해서 많은 사람들을 풀어놨지만 결국 잡히지 않았다.

“쥐새끼 같은 놈…….”

“라베 님, 그런데 마법사가 이하루 혼자뿐입니까? 다른 나라에도…….”

“혼자다. 그놈 말고는 알려진 바가 없지. 그래서 주인님이 더 눈독을 들이는 것이고.”

라베는 사무실에 앉아서 커피 한 잔을 홀짝였다.

전국에 사람들을 풀어뒀으니 발견하고 연락이 올 때까지 기다리기만 하면 되는 것이었다.

"라베 님!"

"뭐야, 혹시 이하루가……."

사무실 문이 열리며 급히 라베의 직속 부하가 들어왔다.

"1호선 끝, 동두천 쪽에서 폭발음을 듣고 동료가 이동했다 합니다!"

"차 대기시켜! 멍청한 놈들. 다른 데로 도망가면 어쩌려고!"

"그게… 산속이라 합니다. 아직 정보가 없는……."

라베는 아직 정보가 없는 산으로 들어갔다는 말에 적잖이 놀랬다.

무엇이 나올지도 모르는 곳을 간다는 것은 자살행위와 같았다.

그 자살행위라도 같은 곳에 있는 하루와 지영은 뻘쭘하게 있었다.

이미 하루를 노렸던 늑대는 1방에 정리가 됐고 상처를 입은 지영에게 하루는 옷을 찢어서 묶어줬다.

"저… 하루예요, 이하루."

하루가 먼저 운을 띄었다.

어디까지나 자기 때문에 지영이 다쳤고 더욱 깊숙이 와 버렸다.

다행히도 산이 미안했는지(?) 지금 하루와 지영이 있는 안전지대를 만들어 두었다.

체력과 마나의 회복률이 10% 증가.

현재 상황에서 너무 고마울 다름이었다.

"난 서지영, 서지영이에요. 하루 오빠."

"대체 나이가……."

"여자 나이는 물어보는 거 아니야, 하루 오빠."

"하… 잠시만, 인벤토리."

쉬는 김에 소요산에 와서 얻은 아이템을 확인할 필요가 없었다.

인벤토리를 열어보니 꽤 쓸 만한 것들이 보였다.

거친 단검

날이 거칠어서 톱으로 써도 될 것 같다.

공격력 : 20~26

해진 가죽 신발

오래되어 보이는 가죽 신발이다.

썩은 냄새가 진동하고 있으니 코에 가져다 대는 것을 추천하진 않는다.

방어력 : +11 **민첩성** : +3

쓸 만하긴 했지만 사용할 만한 아이템은 아니었다.

하루는 설레는 마음으로 트롤을 잡고 나온 아이템의 정보를 확인했다.

정제되지 않은 트롤의 피

희석해서 제대로 사용을 한다면 높은 회복을 할 수 있을 것이다.

진한 트롤의 피로 그냥 마셨다간 어떤 일이 일어날지 모른다.

섭취 시, '상태 이상' 발동.

체력 +700 회복.

트롤의 회복 몽둥이

트롤이 자식을 교육할 때 쓰던 몽둥이다.

상대방을 때리면 고통이 느껴지나 체력이 회복된다.

엽기적인 몽둥이다.

누군가의 정신 교육에 상당히 좋을 듯하다.

상대방 타격 시, 상대방의 체력 +100 회복.

"하, 하아……."

하루는 아이템을 보고 실망했다.
트롤의 피는 나중에 쓸데가 있어 보였지만 몽둥이는 정말 답이 없었다.
"왜, 뭐가 안 좋아?"
지영이 하루의 옆으로 와서 물었다.
하루는 아무것도 아니라며 고개를 도리질했다.
괜히 말해서 기운 빠지게 할 필요는 없었다.
"스킬창."
하루는 뭔가 스킬이 생겨났다는 알림음이 들렸다는 게 기억났는지 스킬창을 바라봤다.
얼마 되지 않던 스킬들 사이에 추가된 '인첸트'는 4가지 속성 물, 불, 바람, 흙을 사물에 깃들게 해주는 마법이었다.
영구적인 것은 아니었다.
10분, 그게 인챈드를 할 수 있는 최대 시간이었다.
스킬을 확인한 하루의 입에 이제야 미소가 지어졌다.
"어떡할 거야. ∀가 우리 여기 있는 걸 아는데."
"산이라도 넘어야 하나… 아, 그전에 이제 말해봐. 진짜 목적."
걱정스럽게 지영이 물었다.
물론 ∀에 대한 것이 제일 중요하기는 했지만 하루는 지영의 목적이 더 먼저 알고 싶었다.

"날 구해줬잖아. 생명의 은인 그리고 좋… 좋… 하여튼!"

"한 번 구한 것뿐인데 그때 그 거대한 새는 내가 살려고……."

"오크, 오크에게서 구해줬어. 날."

잠시 생각을 하다가 하루는 지영의 얼굴이 기억났는지 '아~ 아~'거렸다.

드디어 기억이 난 것이다.

똑똑히 그날은 기억하고 있었다.

처음 만난 몬스터였으니 말이다.

"나랑 같이 다니면 위험해. 그래도 같이 가겠……."

"갈 거야. 이래 봬도 할 줄 아는 거 엄청 많은 여자야. 생필품이랑 야영 도구 등 없는 거 빼고 다 있어."

하루는 지영에게 손을 내밀었다.

듣고 보니 지영이 필요하긴 했다.

급하게 도망을 치는 바람에 야영 용품이나 돈도… 가진 게 벼로 없었다.

—서지영 님과 친구 등록이 되었습니다. 서로의 위치를 언제 어디서든 확인할 수 있습니다.

갑자기 알림음이 들렸다.

이런 기능이 있었다는 것을 처음 알았는지 잠시 놀라던 하루는 금방 표정이 가라앉았다.

"이대로 내려가면 잡힐 텐데……."

고민이었다.

저 멀리 바라보니 안개까지 산 중턱에 깔린 것이 음산했다.

아우우—아우—!

기다렸다는 듯 늑대 울음소리가 들렸다.

설마 주변에 있나 놀랐지만 소리가 작은 것으로 봐서 멀리 있는 것이 틀림없었다.

꼬르륵—

금강산도 식후경이라 하였는가, 하루의 배가 배고프다고 아우성을 쳤다.

하루는 지영을 쳐다봤다.

아무것도 못 먹은 지가 꽤 됐다.

그래도 다행이었다.

지영에게는 먹을 것이 있을 것이니까.

"나, 먹을 게 없는데… 사냥이나 하자! 사냥 다녀와라~!"

"다 있다며……."

"없는 거 빼고 다 있다고……."

어느새 말을 놓은 하루는 땅이 꺼져라 한숨을 쉬고 거친 단검을 꺼내들었다.

마침 좀 전에 잡았던 늑대가 생각났다.

“자, 이제 어떻게… 일단은 올라가서 몸을 숨길 만한 곳을 찾아야 돼.”

늑대를 잘 손질해서 지영이 하루에게 넘겨주며 파이어－버스터로 잘 익혀서 허기진 배를 채웠다.

남은 고기들은 비상식량으로 인벤토리에 넣어두었다.

하루와 지영은 안전지대에서 벗어났다.

좀 전에 상태창을 확인한 하루는 마나가 무려 천이나 올라 있는 것을 보고 의기양양해 있었다.

“조심해서 가는 게 어때?”

“괜찮아. 마나는 충분하니까.”

뻥 뚫려 있는 길 한가운데를 걸어 올랐다.

등산 코스를 밟고 있는 것이다.

어떤 이유에서인지 몬스터는 한 마리도 보이지 않았다.

“원래 초입 부분에만 몬스터가 있는 게 아닐까?”

“그럴 리가. 군대에서도 산들을 확인을 했는데 몬스터들 천지라 했었어.”

일정 부분은 어느 정도 숨기는 것은 있겠지만 지영이 전에 확인했던 바는 그랬다.

지금 상황이 이상하긴 했다.

땀을 뻘뻘 흘리면서 등산을 하고 있는데 한 마리도 보이질 않으니 말이다.

"서지영."
"응? 왜 그래?"
"저기… 여기에 저런 게 있으면 들어가 봐야 하지 않을까."
"……."
등산을 하다 멈춰선 하루는 옆의 나무가 많이 솟아 있는 틈 사이로 보이는 동굴을 보더니 말을 했다.
이상하게 끌리는 것이… 마치 공포 영화의 아무도 없는 방에서 소리가 나서 열어보는 여주인공의 마음 같았다.
사그락—사그락—
발에 밟히는 나뭇잎 소리도 좀 그랬다.
저곳이 안전지대 같은 ∀를 피해 몸을 숨길 수 있는 곳이었으면 좋겠지만 몬스터라도 있다면 고생할 게 뻔했다.
"하루야."
"괜찮아. 힘들게 산 오르는 것보다 이게 더 나을 수 있어. 좀 돌아서 내려가거나 여기, 숨어야 하는데. 지금 해가……."
산에서 어두울 때 움직이는 것은 위험했다.
특히 길이 개척되지 않은 곳으로 가려면 말이다.
하루와 지영이 동굴 앞으로 다가왔다.

안을 기웃기웃 들여다봤지만 어두워서 잘 보이지가 않았다.

결국 안으로 들어가기 위해 발을 내딛었다.

—던전 '짐승의 길'에 입장하셨습니다.

—1회용 던전입니다. 클리어 시, 가까운 마을로 이동됩니다.

—차가운 기운이 온몸에 퍼집니다. 자칫 상태 이상 '감기'에 걸릴 수 있습니다. 몸을 따듯하게 하는 것을 추천합니다.

"던전……?"

발을 내딛자 주변 풍경이 전부 바뀌었다.

뒤를 바라보니 입구는 보이지 않았다.

하루와 지영이 기대했던 안전지대 같은 곳은 아니었지만 클리어만 한다면 모든 게 해결될 수 있었다.

"살아 나가기만 한다면… 잘되겠는데?"

애써 하루가 웃었지만 지영은 앞을 보고선 몸을 부르르 떨었다.

한쪽 눈이 없거나 다리를 절룩이는 등의 늑대들이 보였기 때문이다.

"와… 많네."

많은 늑대들의 모습에, 하루는 단단한 아이스 스피어를 꺼냈다.

지영에게 달려들게 두면 안 됐다.
전투 능력이 없는 지영을 제외하고 이 많은 늑대들을 하루 혼자 처치해야만 했다.
괜히 패기 넘치게 들어온 것을 후회하는 하루였다.

"김주영, 박이정, 오정근, 김준… 장희찬."
병원 밖으로 나온 이아선은 다섯 명의 학생들 이름을 외웠다.
얼굴도 알고 있었다.
딸을 많이 괴롭혔다던 아이들이었다.
단지 못생기고 좀 소심하다는 이유로 따돌린 아이들이다.
지금 시간이면 학교가 끝날 시간이었다.
양아치 같은 놈들이 야자를 할 리도 없었다.
"……?"
교문에 서서 나오기만을 기다렸다.
나머지는 어디로 갔는지 보이지 않고서 세 명만 아선의 눈에 보였다.
"아저씨, 뭐야?"
"존나 패기 쩌내. 크큭, 가만히 서서 째려보면 뭐, 안 비켜?"

"주영아, 희찬아……."

역시 버릴 수 없는 양아치 본색이 들어나는 아이들이었다.

세 명의 앞에 서서 노려보고만 있자 셋 중에 김준이라는 아이가 뭔가 이상함을 눈치챘는지 뒷걸음질 쳤다.

"뭐, 왜?"

"왜 그래, 김준?"

"너희들이 김주영, 장희찬, 김준 맞지. 그래, 그 얼굴… 똑똑히 기억한다."

무서운 아선의 모습과 말에 나머지 둘도 눈치를 채고 주춤했지만 김준처럼 물러서지 않았다.

"왜 그랬어… 왜 그랬어."

"뭐, 뭘! 증거 있어? 증거!"

역시 아선의 생각이 맞았다.

뭔가 찔려서 증거를 운운하니 확실했다.

짐승 같은 놈.

아선은 먼저 김주영에게 뛰어갔다.

죽일 것이다.

딸을 그렇게 만든 녀석들을 살려줄 수는 없었다.

아선이 주먹을 뻗자 김주영은 우연인지 높은 민첩성 때문인지 아슬아슬하게 피했다.

"아저씨, 멀었어. 내 민첩성이 꽤 높……."

휙-

피한 것 따위는 안중에도 없이 아선은 살기 어린 주먹을 내질렀다.

조금만, 조금만 더 빠르면 맞을 것 같았는데 쥐새끼처럼 잘도 피했다.

"말하는데…! 야, 니들도 와서 좀 도와봐!"

"별거 아닌 아저씨네. 복수라도 하러 온 거야? 그 스텟으로?"

장희찬이 허공에만 주먹질을 해대는 아선에게 도발을 했다.

이미 아선은 화가 많이 난 상태였다.

-참을 수 없는 분노! 스킬 '버서크'가 생성됩니다.

난데없이 들리는 알림음, 아선이 귀에 똑똑히 들렸다.

좋은 능력을 줄 테니 복수를 하라는 환청이 들리는 것도 같았다.

장희찬은 김주영이 쉽게 피하는 모습을 보고 만만히 생각을 해서 아선에게 로우킥을 날리려 했다.

그러나 뭔가 이상했다.

운동장이여서 모래 먼지들이 휘날리는 것은 알고 있었지만 붉은 연기 같은 것이 눈에 보였다.

"버서크-"

—10분간 버서크 상태가 됩니다.

—체력이 50% 감소합니다. 방어력이 50% 감소합니다.

—공격력이 30% 증가합니다. 힘과 민첩성이 20만큼 순간적으로 상승합니다.

스킬을 시전한 아선의 몸에서는 붉은 아지랑이가 피어올랐다.

김주영을 공격하다가 우뚝 멈춰선 아선은 약간 미친 사람처럼 웃었다.

그리고 목을 한 바퀴 돌리며 몸을 풀었다.

"뭐…야?!"

팟— 하고 아선의 발이 떨어졌다.

당황하고 너무 빠른 속도였는지 김주영의 목이 아선의 투박하고 커다란 손에 확 잡혔다.

"커… 커헉……!"

김주영은 자신의 목을 잡은 아선의 팔을 때렸다.

뭐가 이리 단단하고 힘이 센지 김주영은 둥둥 떠 있는 상태에서 발만 앞뒤로 벗어나기 위해 발버둥을 칠 뿐이었다.

'쉽게 죽으면 안 되지…….'

아선은 한 손을 꽉 쥐었다.

핏줄이 튀어나올 만큼 힘이 들어간 아선은 사정없이 김

주영의 얼굴을 강타했다.

"좋았어? 응?! 그리 좋디?"

이 자식이 자신의 딸, 선혜의 옷을 강제로 벗기고 괴롭다고 소리를 치는 입을 막고 아직 사랑하는 사람과도 하지 않은 처녀를 뚫었다는 생각을 하니 미쳐 돌아 버릴 것 같았다.

"미, 미쳤어……."

김주영을 아선이 때리는 동안, 김준은 걸음아 날 살려라 뛰고 있었다.

아선을 공격하려던 장희찬은 너무 놀라서 아선이 김주영에게 하는 짓을 보고 천천히 뒷걸음질을 쳤다.

어떻게 사람이라는 것이 저런 짓을 한다는 말인가, 김주영의 얼굴은 이제 형체를 알아볼 수 없었다.

피떡이 된 얼굴에 뛰어놀던 운동장 바닥은 움푹 파여 있었다.

"일루 와."

눈물을 흘리고 웃으며 김주영을 때리던 아선은 이제 됐다고 생각했는지 일어나서 장희찬을 쳐다봤다.

천천히 장희찬에게 걸어가기 전에 아선은 발로 바닥에 엎어져 있는 그곳을 짓밟아 버렸다.

"자, 잘못했어요. 살려주… 컥!"

장희찬은 아선에게 사과를 했지만 아선은 이런 사과를

받으러 온 것이 아니었다.

목숨을 가져가기 위해 온 것이었다.

"선혜도… 살려달라고 하지 말라고 싫다고 말했을 텐데."

'넌 어떻게 했어?'라는 말을 붙이며 아선은 서서히 장희찬의 목을 조르고 있는 손에 힘을 넣었다.

"아프지? 그래, 더 고통 느껴야 하는데… 한 놈 어디 갔니?"

주변을 돌아보자 김준이 보이지 않았다.

어디 가서 숨기라도 하고 학교에도 나오지 않는다면 곤란했다.

빨리 찾아야만 했다.

"죽어라."

아선은 최대로 손에 힘을 쏟아 넣음과 동시에 그곳을 다른 한쪽 손으로 으깨버렸다.

그리고 김준을 찾기 위해 뛰었다.

"파이어—버스터!"

하루가 마법을 시전하고 창을 이리저리 휘둘렀다.

고통도 모르는 듯 하루에게 달려드는 바람에 꽤나 고전

을 하고 있었다.
"상태 정보."

좀비 늑대

어떤 이유에서인지 죽지도 살지도 못한 좀비가 되어버렸다.

고통을 느끼지 않으며 겁이 없다.

체력 : 560/1000

뒤에서 응원만 하고 있던 지영이 하루를 공격하고 있는 늑대들을 확인한 정보였다.

SF에서나 보던 좀비, 이 던전 안에 좀비 늑대와 같은 것들이 득실거린다는 얘기였다.

"좀 죽어라!"

하루가 쓴 불덩이 속에서도 튀어나와 하루에게 발톱을 휘두르는 바람에 창의 사용을 늘릴 수밖에 없었다.

"비팅 스피어—!"

좀비 늑대는 끈질기게 공격을 해왔다.

원래 그냥 늑대였다면 하루의 파이어—버스터에 깨갱 소리를 내지르며 뒹굴었을 것이다.

그러나 좀비 늑대는 고통을 느끼지 못했다.

하루의 마법이 강했음에도 달려들었고 그 결과 많은 수의 좀비 늑대들이 처리됐다.

화염 공격으로 인한 추가 데미지 덕분에 어느 정도 버티기만 하면 전부 죽었다.

"와… 질기다, 정말."

마나는 아직 많이 남아 있었다.

이 던전에 얼마나 많은 몬스터들이 있는지 몰랐지만 상당히 까다로운 몬스터들이라는 것은 확실했다.

"하루, 뒤!!"

"비팅 스피어!"

죽었다고만 생각했던 좀비 늑대 한 마리가 하루의 뒷덜미를 노렸지만 지영의 빠른 말과 하루의 처단으로 위기에서 벗어났다.

대충 주위를 둘러보니 전부 처리가 되었다.

좀비 늑대들의 모습이 희미해지며 하나둘 사라지기 시작했고 그곳엔 잡템이 남아 있었다.

썩은 뼈다귀나 좀비 늑대의 이빨 같은 쓸데없는 것들만 드랍되어 있었다.

더 이상 좀비 늑대는 나타나지 않았다.

하루도 진이 많이 빠졌는지 바닥에 털썩 주저앉았다.

"나도 공격 스킬이 있긴 한데……."

하루의 옆에 같이 앉은 지영은 살며시 말을 꺼냈다.

되도록이면 숨기고 싶었지만 하루가 힘들어하는 게 너무 괴로웠다.

차라리 자신에 대해서 전부 알려주고 같이 동행하는 게 나을 것 같다는 생각이었다.

"진작에 도와주지……!"

"안 물어봤잖아. 그동안 계속 쫓아다녔는데 여자가 자기 보호할 스킬 하나 없겠어?"

"아… 그래. 무슨 스킬?"

"채찍 마스터리…랑 후려치기……."

지영의 말에 갑자기 착 달라붙는 가죽옷이 생각나는 것은 왜일까.

아니, 그것보다 그런 스킬이 어째서 저 순진하고 아름답게 생긴 얼굴을 가진 지영에게 생긴 것일까.

"그게 어떻게……."

"여자의 비밀을 너무 많이 알려고 하지 마."

지영은 하루에게서 고개를 돌렸다.

차마 이유까지 말할 강심장은 아니었다.

나름 부끄럽기도 했고 말이다.

체력과 마나를 어느 정도 회복한 하루는 엉덩이를 털며 일어났다.

한숨을 좀 돌리고 나니 주변 풍경이 눈에 들어왔다.

동굴 벽에는 파란색 빛을 내고 있는 작은 조각들이 있었고 전체적으로 차가운 분위기였다.

하루가 동굴이란 곳을 처음 들어왔지만 이 풍경은 역시

인터넷이나 영화에서 접하던 것과 같았다.

"예쁘네. 동굴 같은 데 온 건 처음이야."

"그래? 나랑 처음으로… 또, 또 안 가본 데 있어?"

"안 가본 곳, 안 해본 거 많은데… 하아."

이제 대학이라는 곳에 가서 화려한 캠퍼스 생활과 CC라는 것도 해보고 술에도 취해서 비틀거리고 싶었는데 하필 그 타이밍에 세상이 게임화가 돼버렸다.

아니, 게임화가 되어버린 것까지는 좋았다.

그런데 마나라는 스텟이 있는 것과 마법을 쓸 수 있다는 것을 알아챈 누군가가 자신을 쫓기 시작했다.

그 누군가가 바로 라베였고 말이다.

"나중에 다 같이 하면 되지. 나랑… 그렇게 한숨 쉴 필요 없어."

지영은 앞으로 할 일들이 많다는 것에 기분이 좋아졌다.

그리고 야영을 하게 되면 우선 순…결을 먼저 자신의 것으로 하려는 위험한 생각을 하고 있었다.

"…가죠, 갑시다."

하루는 무시하고 일자로 쭉 뻗어 있는 길을 따라갔다.

지영도 같이 가자며 하루의 옆에 붙었다.

던전이 좀 큰지 몇 분을 걸어도 나와야 할 몬스터가 등장하지 않았다.

경계를 풀고 있는 그때였다.

익숙한 우리들의 동반자와도 같은 개 한 마리가 우뚝 서 있었다.

보통 개보다는 큰 덩치를 가지고 있어서 역시 이 개도 몬스터겠구나 싶었다.

"상태 정보."

버림 받은 말랑이

주인에게 여러 번 버림을 받은 개다.

인간에 대해서 좋지 않은 감정을 가지고 있다.

원래 작은 몸집이었지만 계속되는 먹이 사냥으로 덩치가 커지고 주인은 필요 없다며 혼자서 자립을 했다.

가끔 버림받을 때를 생각하면 참을 수 없는 분노와 슬픔 때문에 변해버린다.

체력 : 3000/3000

말랑이의 정보를 확인한 하루와 지영은 가만히 자신들을 노려보고 있는 말랑이에게 손을 내밀었다.

"우… 우쭈쭈……."

"말랑아~ 소, 손……."

겉으로 보기에는 보통 집에서 키우는 애완견같이 생겼다.

혹시나 하는 마음에 친근하게 다가가려 했으나 그건 어디까지나 하루, 지영의 생각이었다.

말랑이는 으르렁거리며 자세를 낮추고 있었다.

아마 앞으로 나아가기 위한 추진력을 얻기 위해서일 것이다.

"뭐해……?"

하루가 가만히 있자 지영이 물었다.

아무리 말랑이가 이곳에 있는 몬스터였지만 하루도 강아지를 키운 적이 있었다.

말랑이를 보자니 너무 불쌍했다.

그와 함께 왜 버림을 받았을까 하는 생각이 들었다.

요즘 같은 세상에 이상한 애들이 많긴 했다.

동물을 함부로 생각하니 말이다.

"이하루!"

착. 착.

지영이 앞에 말랑이를 두고 딴생각을 하는 하루를 부르며 인벤토리에 고이 모셔두었던 채찍을 꺼내들었다.

가죽 채찍이었다.

지영은 이빨을 쫙 벌리며 물어뜯기 위해 달려오는 말랑이에게 채찍질을 했다.

하지만 쉽게 맞아줄 말랑이가 아니었다.

원래 개의 속도가 빠른데 말랑이는 혼자서 성장을 해

왔다.
당연히 신채 능력이 높을 수밖에 없었다.
"으앗!"
채찍질을 해서 때문인가 어그로가 끌린 지영의 복부에 몸통 박치기를 선사한 말랑이 덕분에 지영은 뒤로 쫙 밀려났다.
지영의 비명 소리 때문인지 정신을 차린 하루는 오른손에 있는 창을 고쳐 잡았다.
이상한 기운의 하루에 말랑이는 순간 멈췄다.
크르응…….
"같이 가자."
하루는 달려드는 말랑이에게 손을 내밀었다.
지영은 미친 거 아니냐며 쳐다봤다.
아니라 다를까.
손을 내민 하루의 손을 물어버렸다.
손가락이 끊어질 것 같은 고통이 몰려왔다.
이곳은 가상현실 게임이 아니었다.
체력이 없어지면 죽는 그런 현실이었다.
—출혈이 지속되고 있습니다. 초당 10의 체력이 감소합니다.
—상처가 벌어지고 있습니다. 출혈량이 증가합니다. 초당 20의 체력이 감소합니다.

처음 말랑이가 하루의 손을 물었을 때는 그나마 견딜 만했지만 고개를 이리저리 흔들며 물어뜯기를 시전하는 말랑이의 행동으로 채력이 소모되는 양이 바로 2배로 껑충 뛰어올랐다.

착—! 착—!

지영이 채찍을 휘둘렀지만 말랑이는 하루의 손에서 벗어나지 않았다.

아마도 죽을 때까지 물고 있을 것 같았다.

아픈지 하루는 인상을 썼다.

이대로 간다면 죽을 것이 뻔했다.

하루는 창을 들고 있던 손의 힘을 풀었다.

그리고 말랑이의 머리를 쓰다듬었다.

"나쁜 건 네가 아니야. 그놈들 때문이지."

자신의 머리를 쓰다듬는 하루의 손길이 느껴졌는지 말랑이가 입에 힘을 풀었다.

조금 느슨하게 물고 있는 것뿐이었다.

지영이 눈치 없이 채찍으로 말랑이를 내려쳤다.

"쿠읔!"

그와 함께 말랑이에게 힘이 들어갔고 하루는 다시 한 번 고통을 느꼈다.

"하지 마! 그만!"

"하루야, 몬스터라고!"

"쫌!"

하루가 하는 말을 들었지만 아파하는 것을 계속 보고 있자니 가만히 있을 수가 없었다.

자신을 쳐다보며 인상을 쓰는 하루의 모습에 지영은 채찍을 들고 부들부들 떨며 있기만 했다.

낑……?

말랑이는 자신을 바라보며 웃고 있는 하루를 쳐다봤다.

이 인간, 왜 이렇게 멍청한지 모르겠다.

세게 물었음에도 움직이지 않고 있다.

약한가? 하고 더 힘을 줘도 표정은 그대로다.

나쁜 저 여성체처럼 공격해야 맞는 거다.

이 사람, 좋은 사람인가?

"같이 가자니까, 말랑아."

이제 하루도 한계였다.

체력이 벌써 30프로 미만으로 떨어졌다.

어쩔 수 없는 건가 하고 자신이 떨어트렸던 창을 다시 집어드려 생각을 하는 순간, 알림음이 들려왔다.

―버림받은 말랑이의 마음을 얻었습니다. 앞으로 당신을 영원히 따를 것입니다.

―펫 '버림 받은 말랑이'를 습득하였습니다. 새로운 이름을 정해주세요.

―펫 '버림 받은 말랑이'는 희귀한 종족, 비스트 피플족입니다. 사람의 언어를 구사할 줄 알며 사람들의 틈에서 자신의 본모습을 숨기며 살아가고 있습니다. 지능이 다소 떨어지지만 충성심은 강합니다.

―펫창이 생성됩니다. 펫을 소환/해제할 수 있습니다.

[주인, 잘 부탁한다.]

갑자기 말을 하고 두 발로 일어선 말랑이는 하루에게 고개를 살짝 숙였다.

지영은 그 모습에 놀라서 두 눈을 가렸다.

옷을 입지 않은 말랑이의 가운데 쪽엔 나름 튼실해 보이는 그것이 덜렁였다.

아마 이름도 전 주인이 이것을 보고 짓지 않았을까 생각이 들었다.

"수컷…이냐."

[그러하다. 단단하다.]

"숙여 좀!"

민망한지 지영이 얼굴을 붉히며 말을 했다.

그러나 지영에 대한 말랑이의 감정은 좋지 않았다.

자신을 그토록 채찍으로 때려댔으니 말이다.

[닥쳐라, 인간. 나 저 여성체가 싫다.]

"하… 그냥 말랑이 하자. 마땅한 이름이 생각이 나지

않는다."

좋게 좋게 끝낸 하루는 말랑이에게 물린 손을 지혈했다.

다행히 멀쩡한 동물을 죽이지 않은 것에 하루는 피가 간당간당하게 남았음에도 웃었다.

"펫창."

말랑이

레벨 : 45

체력 : 2100/3000

힘 : 63 **민첩성** : 49

지능 : 13 **호감도** : 30%

주인 '이하루'를 아직 완전히 신뢰하고 있지는 않는다.

그러나 끝까지 충성을 할 것이다.

"뭔 능력치가……."

힘이 엄청났다.

레벨도 하루보다 높은 것을 보니 사냥을 은근 많이 해온 것 같았다.

사냥이 아니고는 레벨을 올리기 힘드니깐 말이다

쿵.

—많은 피를 흘렸었습니다. 상태 이상 '빈혈'에 걸립니다.

하루가 비틀하고는 동굴 벽에 몸을 박았다.

머리를 짚는 하루의 옆으로 지영이 뛰어왔다.

"괜찮아?"

"어… 괜찮… 이건 뭐야?"

빈혈 때문에 동굴 벽에 박을 때, 떨어졌는지 바닥을 짚고 있는 하루의 손에 파란색 빛을 띠는 조각이 잡혔다.

푸른색 오묘한 빛, 처음에는 그냥 예쁘다고만 생각했는데 그냥 지나칠 것이 아니었다.

하라는 공부는 하지 않고 한창 빠져서 소설들을 읽었을 때, 가장 많이 나오던 아이템이 아니었던가!

많은 종류의 마나석들이 뇌리에 스친 하루는 정보를 확인했다.

마나석 조각

풍부한 양의 마나를 품고 있었던 2급 마나석의 조각이다.

20개의 조각이 곁에 있다면 본래의 모습을 되찾는다.

마법의 원동력으로도 사용할 수 있다.

대박이었다.

마나석의 조각이라니… 하루가 알고 있는 지식을 동원하자면 마나석 하나의 가치는 굉장했고 대기 중에 있는 마나를 끌어들이는 힘이 있어서 웬만하면 바닥나지 않았다.

마법사들이 괜히 지팡이를 들고 다니는 것이 아니었다.

전부 마나석이 박혀 있었기 때문이다.

"말랑아, 일단… 나 좀 도와줘야겠다."

하루는 주변을 밝히고 있는 마나석 조각들을 바라봤다.

다소 노가다가 필요했지만 많은 마나석을 얻을 수 있을 것 같았다.

지금의 자신은 너무나 나약하다.

라베가 많은 조직원들을 데려와도 무력으로 이길 힘 정도는 가지고 있어야 했다.

그 첫걸음으로 바로 이 마나석이 될 것이다.

"도와…줄 거지?"

하루는 말랑이에게 착한 웃음을 지으며 말했다.

좀비 늑대가 나오던 곳에서부터 말랑이가 있던 곳까지의 모든 마나석을 캐기 시작했다.

장비가 없어서 망가져도 되는 단검을 지영이 사용했고 말랑이는 손톱을 이용하고 있었다.

동굴의 벽면이 약해서 이런 장비로도 캐는 것이 가능했다.

현재 말랑이는 하루를 주인으로 인정한 것을 후회하고

있었다.

이 얼마나 멋진 손톱인가, 무려 며칠 동안을 이 산에서 제일 단단한 돌에 긁어서 만든 완벽한 손톱이었다.

"파이어-버스트."

주인 녀석은 마법인지 뭔지로 손쉽게 저 돌조각을 캐고 있었다.

자신과 여성체는 땀까지 흘려 가며 일을 하고 있는데 웃으며 바닥에 떨어진 돌조각을 주워서 주머니에 넣으며 '헤헤' 웃고만 있었다.

"하, 하루야. 이 정도면 되지 않을까……."

지영이 이마에 흐르는 땀을 닦으며 말했다.

뒤를 돌아보니 어두컴컴했다.

많은 양의 마나석 조각을 손에 넣은 것이었다.

하루는 지영의 말에 인벤토리에 쌓인 마나석들의 수를 보았다.

200개가 좀 넘어갔다.

"이제 그만해도 될 것 같네… 후우. 회복 좀 하고 가자. 말랑이도 쉬어. 난 그동안 조금만 더 캘게."

사람의 욕심은 끝이 없는 법, 지영과 말랑이가 바닥에 앉는 순간 하루가 말을 했다.

마치 회사 부장님이 모두 퇴근을 하라 하고 자기 자신은 야근을 할 것이라고 말을 하는 것과 같은 느낌이었다.

'주인은 착하지 않다. 주인은… 나쁘기도 한 것 같다.'

말랑이의 하루에 대한 호감도가 10%로 내려가 버렸다.

김준은 죽을 둥 살 둥 달렸다.

그래서 도착한 곳은 경찰서, 땀을 뻘뻘 흘리며 주변에 있는 경찰 아무나 잡고 자기가 범죄를 저질렀으니 감옥에 넣어달라는 곳이었다.

"제발요, 제발… 감옥에 넣어줘요."

"그러니까. 무슨 범죄를 저질렀다는 거냐. 학생."

우물쭈물 말을 해야 하나 말아야 하나 김준은 덜덜 떨었다.

좀 전의 일을 목격하고서 입이 잘 떨어지지 않았다.

끼이익—

경찰서의 문이 다시 한 번 열렸다.

그 문에서 아선이 들어왔다.

이리저리 왔다 갔다 하면서 주변을 보던 아선의 눈에 경찰서가 눈에 들어온 것이었다.

가장 안전하다고 생각하는 곳이 바로 경찰서였다.

주변에 마땅히 도망칠 곳도 없었으며 안전하지 않았기

에 혹시나 해서 들어와 봤는데 아선의 짐작이 맞았다.

김준의 모습이 눈이 들어왔다.

"아… 아……."

고개를 돌려서 아선의 얼굴을 확인한 김준은 사시나무 떨듯이 온몸을 떨어댔다.

"하하. 안녕하세요, 경찰관님."

"네, 근데 누구……."

아선이 김준이 잡고 있던 경찰관에게 걸어갔다.

좀 전에 살인을 저지르고 참으로 대범한 행동이었다.

"아, 저 여기 김준 부모 되는 사람입니다. 공부 안 한다고 좀 혼냈더니 도망을 여기로 왔네요……."

"……?!"

"아, 그러십니까. 아동을 너무 때려도 아동학대로 잡혀가실 수도 있습니다. 너 공부 좀 해라. 노는 게 좋지만, 세상은 그렇지 않다."

김준은 지금 이자가 무슨 말을 하는가 싶었다.

아빠라니?

자신의 아빠는 버젓이 살아 있는데 말이다.

자신에게서 멀어지는 경찰관, 뒤에는 자신의 친구들을 죽인 사람이 서 있었다.

뭐라고 소릴 치고 싶었지만 저들, 경찰들에게는 지금 자신의 모습이 그냥 떼쓰는, 철없는 아들의 모습으로 보일 것이 뻔했다.

"가자, 아.들."

씨익— 아선은 자신의 생각대로 돼서 기분이 좋았다.

이놈도 죽일 수 있었다.

김준이 빠져나가려 하는 낌새를 보였지만 이미 아선에게 뒷덜미를 잡혀 있었다.

아선이 김준을 끌고 경찰서 밖으로 빠져나갔다.

"잘못했어요… 잘못했어요. 전 그냥 구경만 했어요. 절대 안 건드렸는데……."

김준이 두 손을 싹싹 빌며 말했지만 그게 지금 아선의 귀에 들릴 리가 없었다.

따르르—

"네, 동두천 경찰서입니다."

—여, 여기 사람이… 두 명이 죽어 있어요!

김준이 잡고 있었던 경찰관이 수화기를 내려놨다.

통화 내용은 고등학교 운동장에서 지금 사람이 죽어 있다는 것이었다.

그것도 두 명이 처참한 몰골로 말이다.

처음 들을 때는 그냥 장난전화인 것 같았지만 주변에서 들려오는 소음들 때문에 그냥 넘길 수가 없었다.

"살인 사건이다! 동두천 고등학교! 빨리!"

경찰관이 외치고 나서 경찰서는 아비규환이었다.

살인 사건이 흔한 일은 아니었다.

아무리 세상이 게임화 됐다지만 누군가를 살해하는 것은 큰 정신병이었다.

"서 형사, 안 가?"

"잠, 잠시만……."

서 형사라고 불린 사람은 김준이 잡고 있던 경찰관이었다.

뛰어가려다 멈춰서 서 형사는 좀 전에 있었던 일을 기억해냈다.

'범죄를 저질렀다고 뛰어 들어온 학생. 그리고 아빠……?'

보통은 죄송하다며 손을 내미는 게 정상이었다.

그런데 그러지 않았고 아빠의 눈이 좀 부어 있었고 신발에 붉은색이 보였다.

지금 생각해 보니 여간 이상한 게 아니었다.

"…총 챙겨."

"서 형사, 왜……?"

"방금 범인 왔다 간 것 같다."

서 형사가 허리춤에 총을 꽂고 다른 사람에게 CCTV 돌려서 좀 전에 왔던 아이의 아빠라는 사람 얼굴 확대해서 뽑아 놓으라고 한 뒤, 밖으로 나가버렸다.

"저승에 가서 지옥 불에 평생, 평생 고통 받아라."

모든 것을 포기한 듯, 사람이 지나지 않는 한적한 곳으로 끌려가 벽에 딱 붙은 김준은 이제 죽는구나 생각했다.

역시 그런 나쁜 짓을 하겠다는 놈들을 따라가는 게 아니었다.

정말 짐승만도 못한 짓이라는 것은 알고 있었지만 계속되는 강요에 김준도 어쩔 수 없었다.

철컥—

"…여기서 그만하죠."

서 형사가 아선의 머리에 총을 겨눴다.

거리가 좀 떨어져 있었지만 충분히 명중시킬 수 있는 거리였다.

아선을 찾으면서 경찰서에서 걸려온 전화로 어찌 된 일인지, 무슨 일이 있었는지 알게 되었다.

이상하게 생각된 병원 측에서 연락을 해온 것이었다.

"이아선 씨, 멈추세요. 살인을 하는 건 저놈들이랑 똑같은 짓을 하는 겁니다! 짐승의 길을 걷지 마세요!"

"……."

아선이 있는 곳은 막다른 길이었다.

아직 죽일 놈들이 남았는데 경찰 따위에게 잡힐 수는 없었다.

김준은 경찰이 나타난 것으로 약간의 희망이 생겼지만 자신을 바라보고 있는 아선의 눈에서 다시 절망을 느꼈다.

이미 사람의 것이 아닌 눈이었다.

"난… 짐승의 길을 걸을 것이다!"

쾅!!

아선은 온 힘을 다해서 벽에 붙어 있는 김준에게 주먹을 날렸다.

이 정도면 최소 사망일 것이다.

주먹이 김준에게 닿으며 뒤에 있던 벽도 먼지를 흩날리며 무너져 내렸다.

먼지 때문에 제대로 총을 쏠 수도 없었다.

잡긴 해야 했기에 총을 쐈지만 맞았는지 아닌지는 몰랐다.

"으아아아!!"

벽을 뚫고 나온 아선은 바로 앞에 있는 도로에 서게 됐다.

어깨에 총알이 박혔기 때문이다.

아선은 다시 한 번 주먹을 휘둘렀다.

자신을 향해 달려오는 차에게서 자신을 보호하기 위해서였다.

"뭐, 뭐야. 저 새끼!"

급하게 브레이크를 밟았지만 속도를 줄일 수 없어서 눈을 질끈 감은 운전자는 아선의 주먹에 의해 멈춰선 차의 앞부분을 봤다.

완전히 찌그러져 있었다.

"…저거 뭐야?"

"이아선 씨!!"

뒤따라 서 형사와 함께 경찰 둘이 무너진 벽돌들을 뛰어넘어서 달려왔다.

아선은 절뚝거리긴 했지만 빠르게 의지로 달렸다.

아선이 강타한 차 안에 있는 그 사람은 방금 전 힘에 놀라워하고 있었다.

보기 힘든 스텟을 지니고 있는 자, 분명 특별할 것이라고 생각했다.

"어떻게 할까요? 라베 님."

"따라가서 생포한다. 이하루를 잡지 못하는 상황을 대비해서 말이야. 범죄잔가 본데… 경찰들을 돕는다."

차 안에 있던 사람은 다름 아닌 라베였다.

무슨 사고가 난 것을 안 뒤에서 따라오던 직속 부하들이 라베의 말을 듣고는 아선을 쫓기 시작했다.

하루는 지영과 말랑이와 협력해서 싸우기 시작했다.

훨씬 편안하고 쉬워진 느낌이었다.

앞에서 공격을 받아주는 말랑이의 존재가 이렇게 클 줄은 몰랐다.

뒤에서 마법만 쏘고 있으면 알아서 몹들이 먼지가 되어 사라져 갔다.

돼지와 같이 생긴 오크, 전에 하루와 지영이 만났던 거대한 오크는 아니었다.

훨씬 몸집이 작고 약했다.

그리고 이어서 나온 코볼트도 뒤에서 화살을 쏘는 놈들이 있어서 좀 까다로웠지만 하루의 상대가 되진 못했다.

"와……."

"여기가 마지막인가……?"

[주인, 여기 안 좋은 냄새난다. 나 냄새 잘 맡는다.]

하루의 앞에는 나무로 만든 듯한 커다란 문이 자리 잡고 있었다.

이곳에 있는 몬스터만 잡으면 마을로 갈 수 있다는 것에 기뻤지만 한편으로는 걱정이 됐다.

'보스 몬스터…라… 후.'

어디서든 위에 있는 놈들은 강하기 마련이었다.

하루의 마법이 있었지만 걱정이 되는 건 사실이었다.

하루와 말랑이가 나무문을 쭉 밀어 열기 시작했다.

어차피 깨야지만 뭘 할 수가 있었다.

차라리 지금 전투 감각들이 쫙 살아 있을 때, 보스에게

도전을 하는 것이 나왔다.

—던전 '짐승의 길' 보스방에 입장하셨습니다.

—잠시 후, 보스 몬스터가 생성됩니다.

—커다란 표호와 함께 보스 네임드 몬스터 '웨어울프 칸드라'가 등장하였습니다!

—늑대의 울음을 들으셨습니다. 모든 능력치가 5% 감소합니다.

[크르으으… 인간들…….]

웨어울프 칸드라의 모습은 거대했다.

갈색과 은빛의 털이 잘 어울려져 있는 모습이었는데 보는 것만으로도 멋있다 생각될 정도였다.

[짐승들의 적, 인간들…….]

지능이 있는 듯 칸드라는 가만히 서서 하루를 바라보며 말을 하기 시작했다.

마치 원래 입력되어 있는 대사들을 내뱉는 것만 같았다.

[우리 짐승들의 길은 험난하다. 거친 표면을 달리며 힘들게 사냥하고 서로 도와가며 산다. 누군가를 죽여야지만 사는 우리들의 길을 너희들이 망친다. 망쳐 갔다. 내 가족! 내 동료!]

—보스 네임드 몬스터 '웨어울프 칸드라'가 변신을 시작합니다.

혼자 떠들고 분노하는 하루는 긴장하며 언제 공격을 해올까 준비를 하고 있었다.

알림음과 함께 칸드라의 몸집은 더욱 커지고 근육들이 올라오기 시작했다.

바닥을 지탱하고 있는 두 다리의 허벅지가 튼실해졌고 손톱이 길게 뻗어났다.

"처, 첫판부터 변신질이냐!"

당황한 하루는 마법을 시전했다.

모든 마나를 다 써서라도 변신을 다하기 전에 처리할 수 있으면 처리하고 싶었다.

변신을 할 때, 다른 만화들처럼 공격을 하지 않는 것은 멍청한 짓이었다.

하루의 입이 빠르게 움직이기 시작했다.

빠르게 연속으로 시동어를 외웠다.

그와 함께 커다란 소음들이 퍼졌다.

던전은 보스 몹만 잡으면 끝이었기에 칸드라의 몸통에 하루의 파이어-버스터가 작렬했다.

하루의 마나는 한 톨도 남아 있지 않았다.

-보스 네임드 몬스터 '웨어울프 칸드라'는 일시적인 무적 상태입니다.

-마나를 전부 소모하였습니다. 회복력이 30% 감소합니다.

―엄청난 화력! 눈앞이 캄캄한 불구덩이 속이다! 지속된 파이어―버스터의 사용으로 광역 스킬, 토네이도 버스트가 생성되었습니다.

분명 스킬이 생긴 것은 좋은 일이었다.

그러나 전투에 필요한 마나의 부재와 회복력 감소는 너무나 큰 리스크였다.

화염, 불들이 넘실거리는 곳에서 하루의 파이어―버스트를 씹어 먹으며 입에서 연기를 뿜으며 천천히 변신이 끝난 상태로 빠져나왔다.

"이거… 어떡하지?"

"하하하."

터덜터덜 하루가 웃음을 흘렸다.

칸드라가 손톱을 휘둘렀다.

바람 소리가 날 정도였으니 맞으면 못해도 치명타였다.

"피해!!"

"후려치기!"

몰려있는 하루 쪽으로 다가오자 전부 퍼졌다.

지영이 옆으로 피하며 웨어울프에게 채찍을 했다.

그러나 간지럽지도 않은지 실패로 돌아간 공격을 뒤로 하고 하루를 쫓았다.

아무래도 변신을 할 때, 공격한 하루에게 악감정을 가

지고 있어서일까.

하루는 불이 나게 뛰어다녔다.

아슬아슬하게 옷이 찢겼다.

"말랑아!"

[월! 월! 월!]

ㅡ'말랑이'가 스킬 시끄럽게 짖기를 시전하였습니다.

말랑이가 짖어대자 칸드라는 말랑이를 쳐다봤다.

얼마나 버틸지는 모르지만 일단 주인을 구해야 한다는 일념뿐이었다.

다소 황당한 스킬명이었지만 하루에게 잠시 시간이 생겼다.

달리는 동안 채워진 마나는 100 남짓, 스킬을 사용하기엔 턱없이 부족했다.

하루는 인벤토리를 열어서 힘들게 캤던 마나석을 꺼냈다.

인벤토리에서 저절로 합쳐져서 생긴 2급 마나석이었다.

2급 마나석

많은 마나를 품고 있는 마나석이다.

안에 있는 마나를 전부 소진하여도 시간이 지나면 다시 마나는 차오른다.

각종 장비의 제작 재료로도 이용이 된다.

마나석을 두 손에 꽉 쥔 하루는 말랑이를 때리고 있는 칸드라에게 손을 뻗었다.

될지는 모르지만 어쨌든 마나가 들어 있다 하지 않는가, 얼마나 들어 있는지는 모르지만 말이다.

“말랑아, 피해!! 토네이도 버스트!”

하루는 알림음을 듣고 새로 생긴 스킬을 시전했다.

무려 광역 스킬, 칸드라가 민첩성이 뛰어나더라도 피할 곳이 마땅치 않다면 고스란히 공격을 맞아 줘야 할 것이다.

태풍이 휘몰아치는 듯 펑펑 터지는 소리와 함께 토네이도 특유의 모습이 칸드라를 덮쳤다.

그것도 모자라 하루는 파이어-버스터까지 남발해버렸다.

다행히도 마나석이 제대로 작동을 해준 탓이었다.

손에 있는 2개의 2등급 마나석을 보고 있자니 아직도 많은 양의 마나가 있는 것 같았다.

“지영아, 괜찮아?”

하루는 일단 지영을 챙겼다.

구석에서 몸을 보호하고 있던 지영은 하루의 마법이 칸두라를 덮치는 것을 보고 천천히 하루에게로 걸어왔다.

—보스 네임드 몬스터 '웨어울프 칸드라'를 처치하였습니다!

—보스 네임드 몬스터 웨어울프 칸드라가 라이프 포스 베슬로 인하여 다시 살아납니다.

"…?! 라이프 포스 베슬?"

"그건 리치만… 왜 웨어울프가?"

하얀색 띠가 칸드라가 있던 곳을 휘저었다.

언데드 몬스터 중에서 거의 최고봉이라 할 수 있는 리치에게만 있다고 알려진 라이프 포스 베슬이 웨어울프에게 있다니, 다리가 후들거렸다.

"계속 살아난다는 거야?"

주변을 아무리 둘러봐도 그런 것이 있을 만한 곳이 없었다.

곧 있으면 칸드라가 재생을 완료할 것이고 더욱 날뛸게 뻔했다.

"젠자……?"

'살아나…? 새 생명?'

자신의 인벤토리에 잠들어 있는 엄마가 생각이 났다.

드디어 갈피를 잡은 것이었다.

엄마를 살릴 수 있는 그런 방법 말이다.

"칸드라!! 라이프 포스 베슬을 어떻게 만드는 거지? 어?"

[크릉… 인간. 나를 죽이다니… 크륵.]

하루가 칸드라에게 소리치며 물었지만 칸드라는 다른 얘기만 할 뿐이었다.

칸드라가 다시 공격을 하기 위해 자세를 잡는데 하루의 무릎이 바닥에 닿았다.

"제발… 제발… 다시 살아날 수 있는 방법 좀 알려줘… 제발 알려줘라……."

[크르응—]

무릎을 꿇고 고개를 숙이는 하루의 모습 때문인지 칸드라의 행동이 멈춰졌다.

하루가 눈을 뜨고 칸드라를 쳐다보려는데 온통 검은 어둠뿐이었다.

마치 다른 곳으로 이동이라도 된 것 같았다.

"재밌군, 재밌어."

하루의 귓가에 뼈를 긁는 듯한 가래 섞인 목소리가 들렸다.

그렇지만 목소리의 주인공은 정작 보이지 않았다.

"나와 같군, 넌. 영원한 생명을 지니고 싶나?"

"누구야?! 그래, 알려줘. 알려주면 평생을… 아니, 내 목숨까지도 줄게! 줄게요!"

"아직 넌 약하다. 생명을 지니고 싶으면 생명을 없애라. 그리고 찾아야지, 날."

—퀘스트 '라이프 포스 베슬(1)'을 받았습니다.

라이프 포스 베슬(1)

내용 : 생명을 담는 그릇, 라이프 포스 베슬을 얻기 위해선 엄청난 노력이 동반되어야 한다.

새 생명을 얻을 수 있는 기회!

그 첫 번째로는 라이프 포스 베슬을 지니고 있는 웨어울프 칸드라를 찾아라.

난이도 : 상(연계)

보상 : 라이프 포스 베슬(2)

하루의 눈앞에 흰색으로 창이 떠올랐다.

전부 다 읽자, 다시 원래의 짐승의 길 던전으로 돌아왔다.

지영이 하루의 몸을 흔들었다.

"하루야, 하루야!"

"어… 어, 칸다르!"

칸다르를 찾는 것이 퀘스트였다.

눈앞에서 하루가 보는 중에 스르륵 사라지는 칸다르의 모습에 잡으려 했지만 사라지는 것이 더 빨랐다.

지영은 무슨 일인가 싶었다.

무릎까지 꿇은 것은 왜이며 칸다르는 왜 사라졌는지 궁

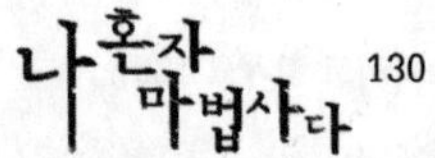

금했다.
"하루야……."
"잠시, 잠시만. 나중에 설명해줄게……."
—던전 '짐승의 길'을 클리어했습니다. 가까운 마을로 10초 뒤 이동됩니다.
—레벨이 올랐습니다. 스텟을 분배해 주세요.
—클리어 보상! 신속의 가죽 장비 세트를 습득하였습니다.
알림음이 하루의 귓가에 울렸지만 듣지 못했다.
이미 다른 생각으로 머리를 꽉 채우고 있었으니 말이다.
'엄마… 엄마를 살릴 수 있어. 단서를 얻었다고!'
속으로 쾌재를 불렀다.
지금 당장은 아니었지만 계속 강해질 이유가 확실히 생겼다.
어떻게 해야 할지 사실 몰랐는데 방향을 제시해 주니까 살 것만 같았다.
던전에서 하루와 지영, 말랑이의 모습이 사라졌다.

"이아선, 이제 그만 도망가지!"
"조용히 따라와라. 더 이상 날뛰면 발포하겠다!"
쫓기던 아선은 경찰들과 이상한 문양을 한 옷을 입고

있는 자들에게 둘러싸였다.

왜 이렇게 많이도 따라오는지, 숨으면 발견하고 숨으면 발견하고 해서 지금 여기까지 온 것이었다.

누군가를 인질로 삼아서 도망가고 싶었지만 주변에는 민간인이라고는 보이지도 않았으며 둘러싸여 있어서 잡을 수도 없었다.

"그만 손들고 투……."

"나 어지럽다. 여기 어디냐. 사람 사는 곳이냐."

"하루야, 좀 괜찮아?"

"후… 괜찮… 뭐야?"

아선의 옆에 가까운 마을로 이동된다던 하루 일행이 소환되었다.

난생처음 보는 광경이라 아선과 경찰들은 넋을 놓고 있었고 라베가 보낸 부하들은 어찌 된 일인지 잠시 굳어 있었다.

"이하루……!"

"라베!"

부하들을 뒤따라왔는지 라베가 하루의 이름을 불렀다.

해가 뉘엿뉘엿 지고 있어서 하늘이 붉었다.

"모두 가만히 있어! 비켜서라!"

두리번거리던 아선이 하루의 목덜미를 뒤에서 잡으며 외쳤다.

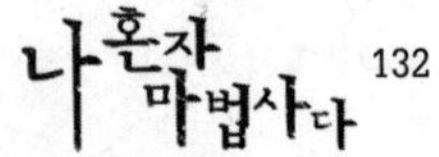

지금 누가 누구든 일단 여기서 벗어나야 한다는 것이 아선의 생각이었고 어쩔 수 없는 행동이었다.

"컥… 커걱… 저기요, 아저씨……?"

라베의 부하들이 왜 여기에 모여 있지, 생각한 하루는 곧바로 어떤 상황인지 유추할 수 있었다.

자신의 목을 조르고 있는 아저씨가 라베의 부하들에게 쫓기고 있었고, 잡히려는 순간 자신이 재수 없게도 짠— 하고 나타났다.

'또 피해자가 생기면 안 돼. 다신……!'

인질로 잡힌 하루는 다짐했다.

이 사람을 구하고 자신들도 도망을 가야겠다고 말이다.

아직 칸드라를 상대하기 위해서 쓰였던 마나석 빼고 18개라는 마나석이 고스란히 하루의 인벤토리에 잠들어 있었다.

자, 마나는 충분하다.

그러나 혼자 벗어날 수는 없었고 하루는 다른 사람이 다치는 걸 싫어했다.

그래서 지금까지 라베나 그의 부하들이 멀쩡한 것이었다.

확인은 해보지 않았지만 파이어—버스터의 위력은 웬만한 소형 폭탄과 맞먹었다.

한 번에 네 개나 되는 구체들이 날아가니 더 강할 게 뻔했다.

당연히 이놈들을 죽이고 엄마의 복수를 할까도 생각했지만, 엄마는 아직 돌아가시지 않았으며 그렇게 하기를 원하지 않으실 것이다.

끝까지… 당부를 하던 엄마의 얼굴이 떠올랐다.

'저들과 같은… 사람은 되지 말거라… 하루야.'

엄마의 말이 맞다.

저들처럼 짐승과 같은 사람은 되지 말아야 한다.

하루 자신도 제대로 된 사람으로 엄마를 다시 만나고 싶었고 말이다.

살아났는데 거침없이 살인을 하는 살인마는 되지 말아야 하지 않겠는가.

하루가 아선의 팔을 툭툭 쳤다.

"크… 아저씨… 놔봐요, 좀. 내가… 윽."

"조용히 해! 다들 안 비켜? 힘만 주면 이 녀석은 죽어!!"

"아저씨도 저놈들한테 쫓기는 거야? 내가……."

하루가 무슨 말만 하려고 하면 팔에 힘을 주었다.

아선이 하루를 잡고 있는 동안 라베의 부하들은 멀뚱히 바라보고만 있었다.

하루가 인질이 된 것이 인질이 아니라고 생각했기 때문

이다.

"하… 블링크."

아선의 손에서만 벗어나게끔 마법을 쓰고 나온 뒤에 약간의 고통이 느껴지는 목을 풀었다.

경찰들은 놀랐지만 라베의 부하들은 원래 봐오던 것이어서 별 미동은 없었다.

"이하루, 그냥 좀 따라오지?"

"짐승 같은 놈… 거기, 아저씨. 저도 저놈들한테 빚이 있거든요. 따라와요. 파이어-버스터!"

어쩌다 경찰이 있는지 몰랐지만 하루는 지영과 말랑이를 부르며 라베 부하들이 있는 쪽으로 마법을 날렸다.

물론 겁만 주는 것이었다.

엄청난 소리와 함께 터지는 불덩이 구체!

라베의 부하들은 물론 경찰과 아선까지도 나자빠졌다.

"말랑아!"

말랑이가 눈치를 챘는지 넘어진 아선을 재빨리 부축했다.

넘어진 틈 사이로 지영과 하루가 뛰었고 말랑이는 어리둥절해하는 아선을 일으켜서 달렸다.

멍하니 그 모습을 보고 있는 라베가 아니었다.

정신을 차리고 소리쳤다.

"뭐해, 안 잡아?!"

'눈앞에서 놓치면… 주인님 귀에 들어간다면 안 된다!'

라베의 한 마디에 전부 일어나서 벌써 사라져 가는 하루의 뒤를 쫓았다.

"하루야… 뒤에 바짝……!"

지영이 잠시 뒤를 돌아보고는 말을 했다.

말랑이와 아선은 하루가 뛰는 바로 뒤에 따라오고 있었고 그다음으로 바로 라베의 부하들과 경찰들이 있었다.

'왜 경찰들이 저런 놈들과 같이 있는 거지?'

"먼저 가."

하루가 갑자기 멈춰서면서 지영과 뒤따라오는 말랑이와 아선에게 말을 했다.

뭔가 생각이 있어서겠지 하고 아무 말 않고 지나쳤다.

씨익— 웃는 하루에게 살기가 느껴지는 것 같았다.

하루는 바닥에 마법을 난사했다.

뛰어오지 못하게 말이다.

그리고 나서 블링크를 쓰며 연기와 같이 사라졌다.

"쫓아! 찾아라, 그놈들!"

라베는 남아 있는 경찰의 팀장급인 서 형사가 인상을 쓰며 뭐하는 사람들이냐고 물었다.

사람을 쫓고 있다니, 사채업자나 경찰도 아닌 것이 말이다.

"저기요, 아까 한국어 하는 거 다 봤습니다. 어서 말하시지요. 서에 가서 말하시겠습니까?"

서 형사의 말에 라베는 귀찮다는 듯 안주머니를 뒤적이더니 뭔가를 서 형사에게 보여줬다.

"여기서 일어난 일은 극비입니다. 그리고… 그 두 사람은 잡히면 저희가 데려갑니다."

"… 알겠습니다, 그럼."

서 형사는 하루가 간 방향으로 뛰었다.

그동안 하루가 있던 곳은 풍비박산이 되었다.

갑자기 일어나는 엄청난 먼지와 화끈거리는 열 때문에 뛰는 것이 좀 멈춰졌다.

바닥이 울퉁불퉁 전부 박살이 나서 제대로 뛰기가 힘들었지만 어찌어찌 나왔으나 하루의 모습은 보이지 않았다.

"하아… 하아……."

심하게 뛴 지영은 옆에 있는 아선과 말랑이와 함께 숨을 몰아쉬었다.

좀 전까지 하루를 인질로 잡고 있던 사람이 옆에 있으니 왠지 저들에게 넘겨버리고만 싶었다.

건물 안쪽으로 들어왔으니 일단 한숨은 돌릴 수 있었다.

그러고 보니 하루에게 물어볼 것도 있었다.

지금은 안전한 곳으로 이동을 하는 것이 우선이었지만

말이다.

"어떻게 하지……?"

하루가 갑자기 튀어나왔다.

건물 안쪽으로 블링크를 한 것이다.

이제부터가 진짜 고민이었다.

저들의 눈을 피해서 이 지역을 벗어나야 했는데 저쪽의 수가 많아서 그러기가 쉽지 않았다.

"뭐지? 너 그리고 너네!"

"일단… 같은 편이라고 할까요?"

"아저씨, 생명의 은인한테 너무 큰소리로 말하는 거 아니야?"

하루가 머리를 긁적이며 말했고 그 뒤로 지영이 짜증난다는 듯 받아쳤다.

이렇게 가다간 내부 분열, 싸움만 날 뿐이었다.

조금이라도 빨리 빠져나갈 구멍을 찾아야 하는데 말이다.

"난 살려달란 적 없다. 그리고… 아직 죽일 놈들이 남았다. 나가야겠다."

"뭐…? 죽여? 살인자, 살인자였구만! 하루야, 지금 이런 사람 감싸주고 있을 때가……."

"조용히 해. 아저씨, 뭔지 몰라도 그놈들 전부를 감당할 힘도 없으면서 어딜 나간다고? 나가봤자 죽는다고요!"

살인자라 해도 어떤 이유가 있기 때문에 쫓기는 것이라, 마음만은 하루가 이해할 수 있었다.

저들이 분명 어떤 짓을 했을 것이다.

자세한 건 몰라도 하루는 그렇다는 것을 느낄 수 있었다.

'이상한 기술을 사용하고… 도대체 정체가 뭐야, 이놈들…….'

개도 좀 이상한 것 같고 하루라 불리는 놈도 막 폭탄을 던지고 사라지는 순간이동을 한다.

이런 스킬을 가지고 있다는 사람은 듣지도 보지도 못했었다.

"일단… 옷 먼저 바꿔 입어야 돼. 다들 환복해야 되는데……."

지영은 본래 샤랄라한 옷 말고 인벤토리에 봉인을 해두었던 가죽옷을 결국 꺼내 입었다.

몸매의 굴곡이 그대로 들어나는 옷이었지만 요즘 같은 노출이 생활화된 세상에서 가죽옷은 튀는 것이 아니었다.

순간 하루와 아선의 시선이 꽂히고 말랑이의 말랑 말랑한 곳이 단단해졌을 뿐, 전혀 아무런 문제는 없었다.

"정장… 이제 나만 어떻게 하면 될 것 같은데. 하……."

아선은 중요한 사람을 만날 때 입으려 넣어둔 정장을

장착했다.

이제 하루만 옷을 바꾸면 되는데 생각해 보니 변변한 옷 하나 없었다.

전부 저들이 볼 때 입었던 옷들이기도 하고 말이다.

"하루야, 나 옷 또 있는데 여장이라도……."

지영의 숨소리가 거칠어지며 하악거리는 소리가 들리는 것만 같은 환청이 들렸다.

그러나 지영의 간절한(?) 바람은 이루어지지 않았다.

하루의 인벤토리에서 금방 습득했다는 표시로 반짝이는 아이템들이 보였다.

신속의 가죽 상의(세트)

빠른 속도로 초원을 달린다는 늑대의 가죽으로 만든 상의이다.

이 옷을 입은 자를 쫓아가는 사람은 극히 드물 것이다.

다만 속도에 못 이겨 넘어질 수도 있다.

상급의 바느질로 만들었기에 방어력이 뛰어나다.

방어력 : +10% **민첩성** : +10

세트 효과 : 민첩성 +10, 헤이스트 하루에 3번 사용 가능.

신속의 가죽 하의(세트)

빠른 속도로 초원을 달린다는 늑대의 가죽으로 만든 하의

이다.

이 옷을 입은 자를 쫓아가는 사람은 극히 드물 것이다.

다만 속도에 못 이겨 넘어질 수도 있다.

상급의 바느질로 만들었기에 방어력이 뛰어나다.

방어력 : +10%　　　　　**민첩성** : +10

세트 효과 : 민첩성 +10, 헤이스트 하루에 3번 사용 가능.

신속의 가죽 신발(세트)

빠른 속도로 초원을 달린다는 늑대의 가죽으로 만든 신발이다.

이 옷을 입은 자를 쫓아가는 사람은 극히 드물 것이다.

다만 속도에 못 이겨 넘어질 수도 있다.

상급의 바느질로 만들었기에 방어력이 뛰어나다.

방어력 : +10%　　　　　**민첩성** : +10

세트 효과 : 민첩성 +10, 헤이스트 하루에 3번 사용 가능

엄청난 효과였다.

모두를 장착하면 무려 40의 민첩성이 증가하고 거기다가 속도를 더욱 더 올려주는 헤이스트를 사용할 수 있다니 대박인 셈이었다.

"와…아……."

입을 벌리고 가만히 있다가 하루는 지금 어서 도망가야

한다는 생각에 신속의 가죽옷 세트를 장착하였다.
옷만으로도 달라진 하루의 모습에 지영의 눈은 하트가 되어 날아왔다.
"역까지 가거나… 택시! 택시를 타면 되지!"
밤이 거의 다 돼 가서 택시가 많을 시간이었다.
효율적으로 저들의 눈에서 벗어나고 빠르게 이동을 할 수 있는 방법이었다.
'선혜야… 꼭 돌아와서 복수해줄게, 꼭.'
아선은 지영이 잡은 택시에 올라탔다.
살인까지 저지른 마당에 이곳에서 숨어서 도망쳐 다니기만 하면 그냥 감방에만 가게 될 것이 뻔했다.
경찰에게서도 많은 사람들에게서도 이렇게 잘 벗어나는 이들과 함께라면 잡힐 확률도 줄어들 것이었다.
선혜에겐 아직 엄마와 오빠가 있다.
그들이 선혜를 잘 돌봐줄 것이었다.
"의정부역으로 가주세요."
택시에 올라탄 하루가 택시 기사에게 말을 했다.
이미 나오기 전에 말랑이 때문에 걸릴까 소환 해제를 해놓은 상태였다.
어둠으로 바뀌는 풍경을 보며 하루와 지영, 아선까지 여러 생각에 착잡했다.
'나 혼자 마법사다. 이 세상에서 나와 같은 사람은… 한

명도 없다.'

왜 이렇게 정해진 건지 모르겠지만 전 세계를 통틀어 마법을 쓸 수 있는 사람은 하루 혼자였다.

그러나 몬스터들 중에는 있을 수도 있었다.

짐승의 길 던전에서 겪은 일이 있으니까 말이다.

워느호니아

파란 하늘.

아침이 밝았다.

모텔에서 눈을 뜬 지영과 하루.

아, 물론 방은 두 개로 잡았다.

바로 어제 의정부로 택시를 타고 이동을 한 하루 일행은 신촌으로 바로 건너갔다.

아마 아직도 라베는 하루 일행을 찾고 있을 곳이었다.

사람도 많고 상업이 활달한 곳을 생각하니 이곳이 떠올랐다.

며칠 만에 제대로 쉬는 것인가, 몸이 완전 녹초가 되서 일어나기도 싫은 하루는 몸을 뒤척이며 돌아누웠다.
창문 너머로 보이는 밝은 햇빛과 그것을 보고 있는 검은 실루엣, 아선이었다.
"좀 잤어요, 아저씨?"
잔뜩 내려앉은 목소리로 하루가 아선을 부르니 아선이 뒤돌아봤다.
뭔가 좀 많이 걸치지 않은 것같이 보였지만 눈이 부셔서 하루는 눈을 다시 감았다.
"이하루…라고 했던가. 앞으로 계획은?"
자기 전에 간단히 통성명 정도는 했다.
여러 생각으로 인해 아선이 하루에게 많은 호의를 가지고 있진 않았지만 어느 정도 가는 길은 비슷하다고 생각을 했다.
살인자라는 것을 알았음에도 태연히 옆에서 잠을 자고 무슨 이유인지 묻지도 않았다.
그래서 아선도 하루에게 왜 쫓기느냐 묻지 않았다.
마음이 트이면 그때 자연스럽게 말을 할 때까지 둘은 기다릴 예정이었다.
"계획… 크게는 강해지고 저들에게 맞설 힘을 얻는 것. 그리고… 일단은 돈을 벌어야겠죠?"
모텔로 들어오기 전에 봐둔 가게가 있었다.
무척이나 놀라웠다.

실제로 잡화점이라는 것이 생겼으니 말이다.
이 정도면 아마 무기점도 생겼으리라 생각을 하고 있었다.
하루에게 지금 필요한 건 제대로 된 창이었다.
단단한 아이스 스피어가 있었지만 어디까지나 조잡한 창에 마법을 부여한 것뿐이었다.
"무슨 수로 돈을 벌어. 여기서 아르바이트라도 하다가 들키기라도 한다면……."
"사냥을 해야죠. 잡화점에서 전리품을 사줄 거예요."
하루가 생각하는 잡화점은 그랬다.
모든 전리품을 사주는 곳, 왜 게임 속에서도 잡화상점이라고 있지 않은가.
인벤토리를 비우기 위해서 열심히 팔고 나름 물약값도 되는 그런 좋은 곳이었다.
"일단 제가 그동안 모아둔 것이 꽤 있기 때문에… 주변 사냥터도 좀 알아보고……."
따르르—
앞으로 계획을 생각하고 있을 때, 방 안에 있는 전화가 울렸다.
하루가 수화기를 들어서 귀에 가져다 대니 여자의 목소리가 들려왔다.
약간 허스키한 목소리였는데 듣기 좋았다.

—하루야?

"어… 네, 근데 누구……."

—…옆방으로 좀 와봐, 혼자.

뚝—

상대방 측에서 전화를 끊었다.

옆방이라고 하면 지영이 혼자서 자던 곳이었다.

알 수 없는 미력에 이끌려 그 방으로 가고 싶었지만 꿋꿋이 참아낸 하루는 무슨 일일까 생각을 하며 대충 옷만 걸치고 옆방 앞에서 문을 두들겼다.

"문 열렸어~ 들어와~"

지영의 말에 문을 열고 들어갔지만 지영의 모습은 보이지 않았다.

"왔어……?"

남자의 로망!

하얀색 셔츠만 입은 채, 방 안에서 모습을 드러내는 지영이었다.

쭉 뻗은 하얀 다리에 속옷은 입었는지 안 입었는지 보이지도 않는 남자 사이즈의 흰색 셔츠, 하루는 혹여 지영이 그 유명하다는 서큐버스가 아닐까 하는 생각이 문득 들었다.

"저, 저기… 그, 그… 무슨 일로……."

당황해서 아다다다다 떨며 말을 하는 하루의 모습에 지

영은 재미있다는 듯 미소를 지었다.

하루의 팔을 이끌어서 소파에 앉힌 지영은 하루의 바로 앞에 양반 다리를 하고 앉았다.

'고, 고통스럽다.'

남자의 숙명, 어쩔 수 없는 고통이었다.

하루는 자신의 앞에 앉은 지영을 제대로 쳐다볼 수가 없었다.

얼굴이라도 보면 되지 않느냐 물을 수도 있지만 갓 샤워를 하고 나왔는지 젖은 머리가 더욱 하루가 단단해질 수 있게 힘을 불어줬다.

"이제 말 해줘야지. 어제… 던전에서."

"…나중에."

지영의 단 한 마디에 갑자기 차가운 목소리가 되어버린 하루는 고개를 가로저었다.

그러나 지영은 꼭 알고 싶다는 듯 보챘다.

"알아야 나도 뭔가 도움을 줄 거 아니야."

"나중에, 나중에 진짜 말해줄게."

가라앉은 목소리와 함께 안정이 됐는지 하루가 소파에서 일어섰다.

지영도 그 모습에 더 이상 묻지 않으려 했는지 한 시간 뒤에 나갈 거니까 준비하라는 말만 하고 나가는 하루의 뒷모습만 쳐다봤다.

"힝… 원래 이러려던 게 아닌데."

지영은 자신이 입고 있는 하얀색 셔츠를 만지작거리며 혼잣말을 했다.

얼른 자신의 것으로 만들고 싶었는데 때가 좋지 않은 것 같았다.

둘이 뭘 하려고 해도 이제 아선이 있으니 기회가 현저히 줄어들 것이 뻔했다.

하루가 말한 한 시간이 지난 후.

밖으로 나온 세 사람은 일단 '고양이가 못됐네'라는 곳에서 싼 모자를 사서 쓰고 이동을 했다.

옷을 바꿔 입었지만 얼굴로도 이미 많이 알고 있었기에 조심스러워서 나쁠 건 없었다.

"일단 잡템 처리 먼저 하지."

"안 그래도 봐둔 곳이 있어요. 꽤… 큽니다."

신촌 역에서 얼마 떨어지지 않은 곳에 새로 개업한 잡화점이라는 간판이 눈에 들어왔다.

신기해서 그런가… 워낙 사람들이 많아서 더 눈에 띄었다.

"어서 오세요~"

같은 옷들을 입고 반겨주는 아르바이트생이 있었고 곳곳에 있는 상품들을 구경하는 손님들이 있었다.

일단 액체 같은 물건을 확인해 본 결과, 체력 포션이

었다.
그러나 회복되는 양은 미미했는데 그 가격이 무려 만 원이었다.
이 정도면 거의 착취 수준, 그래도 사가는 사람은 있었다.
또 다른 곳으로 눈을 돌리니 간단히 진열된 여러 개의 무기들이 눈에 들어왔다.
검과 건틀릿, 하루가 찾는 창도 눈에 들어왔다.
"아… 장난 아니네."
"이게 지금 전국에……."
"빨리 계산 좀 해주세요."
처음 들어오는 사람들은 전부 하루와 같은 반응이었다.
아선과 지영도 마찬가지로 아이템들의 정보를 확인하는 쇼핑에 빠져 있었다.
물론 감탄사를 연발하며 말이다.
그러던 중, 하루는 제일 사람이 많은 곳으로 눈을 돌렸다.
위를 올려다보니 '판매 구역'이라고 팻말이 쓰여 있었다.
하루와 지영, 아선은 그곳으로 발걸음을 옮겼다.
"자~ 자, 줄 좀 서요. 아니, 그건 쓰레기야 쓰레기. 그냥 가지고 가시고. 그래, 이런 걸 가져와야죠. 진짜 잡템!"

사람들한테 물건을 사고 있는 남성은 고래고래 소리를 질렀다.

옆에 차고 있는 소형 확성기 덕분에 그나마 좀 괜찮았다.

천천히 들어보니 사는 것과 사지 않는 것이 나뉘어져 있는 것 같았다.

흡사 경매장과 같은 분위기를 형성하고 있었다.

잡템 한두 개를 잡화점 남성에게 보여주는 사람들은 좀 필사적으로 보였다.

돈 거래를 하는 것을 보니 가격의 높낮이가 확연히 달랐다.

조금 높은 레벨의 몬스터의 부산물은 조금 더 값을 쳐주는 듯했다.

"나도 꺼내야겠다."

하루는 인벤토리를 뒤지기 시작했다.

그동안 잡은 것은 엑스텀프와 코볼트, 좀비 늑대, 오크였다.

그 외에도 하루가 지니고 있는 잡템들이 꽤 많았다.

일단 하루는 코볼트에게서 얻은 낡은 석궁과 좀비 늑대의 가죽을 두 손 높이 들었다.

역시 모자는 푹 눌러쓴 채 말이다.

"…거기, 줘봐요."

남성이 하루를 쳐다봤다.

잠깐 팔을 쑥 올린 것뿐인데 그새 확인을 했는지 하루가 내민 잡템을 낚아챘다.

확실히 확인을 하고 고개를 끄덕이는 남성은 하루를 보며 말했다.

"이거, 어디서 주워온 건 아니죠? 이 정도면 많이 세다는 얘긴데… 둘 다 각각 오천 원! 여기."

"더 있는데……."

두 개에 오천 원, 그 말을 듣고 두 눈이 반짝이던 하루가 인벤토리에 있던 잡템을 모두 테이블에 꺼냈다.

일동 정지, 엄청난 물량에 사람들이 놀란 것이었다.

물론 남성도 어버버버 쳐다보고 있었고 하루와 지영, 아선의 곁에서 조금씩 떨어졌다.

그만큼 집중을 하고 있는 것이라, 사람들의 시선은 하루 일행과 잡템들을 번갈아봤다.

"저, 저랑 혹시 파티 좀……!"

"오빠! 내가 잘해줄게. 나랑 가자~ 아니, 나도 데려가!"

"검사입니다. 갑옷도 있어요! 파티 좀!"

어떤 사람의 한 마디에 너도나도 하루에게 소리치며 달라붙었다.

하루는 인상을 쓰며 블링크로 사라지고 싶다는 생각이 들었지만 그랬다간 마법사라는 것을 들키고 만다.

"값은……?"

사람들의 소음이 익숙하다는 듯, 테이블에 깔린 하루의 물품을 확인하고 세고를 반복하던 남성에게 하루가 물었다.

거의 계산이 끝나가는 듯 보였다.

"82만 원입니다. 혹시 독점으로 계약을……."

남성이 돈을 내밀며 하루에게 조심스럽게 물었다.

그러나 하루는 무시하고 돈만 낚아채고 사람들 틈을 헤집었다.

"비켜! 비켜 좀……."

"거, 지나 좀 갑시다."

지영과 아선도 힘을 써서 잡화점을 빠져나가려고 했다.

하루는 창도 좀 구경하고 싶었지만 사람들 덕분에 그럴 여유가 없었다.

'이렇게나 많이……!'

하루의 기분이 좋아졌다.

쓸 곳이 없을 것만 같은 잡템들을 한 번에 처리하고 무려 82만 원이나 벌었다.

노가다만 잘해도 돈은 금방 생길 수 있다는 생각에 들

떴다.

무기를 구하는 것은 좀 잠잠해지고 나서 해도 된다.

지금은 재빨리 이들의 눈에서 벗어나야 했다.

"다들 꺼져. 거지야?"

하도 길을 막고 있는 것이 짜증이 났는지 지영이 한 마디 했다.

갑자기 조용해진 잡화점, 그리고선 자기들끼리 속닥이기 시작했다.

"쟤는 뭐야? 뭐, 엉덩이 좀 들이댔나?"

"거지? 참 나, 좀 번다고 뻰대긴."

"됐어. 저런 성격 이상한 놈들이랑은 안 한다. 안 해! 퉤퉤퉤!"

그 소리들을 듣고 지영이 또 발끈했지만 하루의 손길로 저지되었다.

일을 이상하게 만들어서 괜히 사진이나 동영상이 찍혀서 SNS라도 나돌면 큰일이었다.

애써 무시하고 가려고 잡화점을 거의 벗어난다 싶을 때, 앞을 막고 있는 사람들이 있었다.

그중 덩치가 큰 남자가 하루의 어깨에 손을 얹었다.

"같이 좀 가지."

하루는 바로 인상을 썼다.

처음 보는 사람한테 같이 좀 가자는 뜻은 뭔가, 이 사람은 잡화점 안에도 있지 않았는데 말이다.

"우연히 내가 여길 지나가서 말이야. 실력이 있어 보인다는 연락을 받고 왔는데… 그냥 애송인가?"

거대한 덩치를 가진 남성은 핸드폰을 하루에게 들어 보이며 말했다.

이런 사람을 받아줘도 문제였지만 받아주지 않아도 문제가 될 것이었다.

'위, 위화감이…….'

"한정 공격대 아니냐?"

"그 사람들이 왜 여기 있어. 미친 듯이 사냥만 다닌다던 놈들인데."

"유한정. 맞네, 맞아. 한정 공격대 대장!"

소군거리며 보던 사람들은 핸드폰으로 검색을 해보더니 맞다고 맞장구를 쳤다.

이미 인터넷을 자주 하는 사람들과 사냥을 다니는 헌터들 사이에선 유명했다.

한정 공격대!

보통 파티라고도 하는데 인원이 11명으로 움직여서 공격대라고 불렸다.

사람들 사이에선 거의 현실계 다크 게이머로 잘 알려져 있었다.

잠을 자거나 필요한 아이템을 사는 것 외에는 오로지

사냥만 한다는 것이었다.

"비켜."

"비켜, 골렘 같은 놈아!"

지영에게 이 소리를 듣자 유한정은 인상을 썼다.

이 한국이라는 나라를 위해 얼마나 몬스터들을 정리하고 다녔는가, 자신의 팬까지 있을 정도였는데 이 여자는 자신을 비하하고 있었다.

끌린다.

갑자기 소유욕이 막 솟아났다.

얼굴도 반반하고 몸매도 착하다.

"나 차도 있고 집도 있고 돈벌이도 나름 대기업 직원 월급은 넘는다. 내 거 해라, 너."

"뭐래, 빨리 비켜. 바쁘다고."

"지영아……."

점점 싸움으로 번질 것 같았고 유한정은 속으로 어찌 되는 일인지 몰랐다.

인터넷으로 보면 이런 여자들은 차 있고 집 있고 능력 있는 남자를 좋아한다 했는데 앞에 여자는 완전 개무시를 하고 있었다.

"손님들, 죄송하지만 여긴 가게 안이라……."

"가자, 그냥. 무시해라, 저런 놈들은."

보다 못한 직원과 아선이 나섰다.

구경하는 사람들은 모두 핸드폰을 들고 있었다.

싸움이라도 벌어지면 라베가 인터넷을 보고 단숨에 이곳으로 올 것이었다.

'어떡하지…….'

"단단한 아이스 스피어 착용."

하루는 모자를 눌러쓴 채, 무기를 장착했다.

갑작스러운 하루의 행동에 놀랐는지 유한정이 뒤로 한 발짝 물러섰다.

그러나 남자라면 자존심과 패기!

유한정은 덩치에 비해 얇지만 기다란 철제 검을 장착했다.

"뭐, 싸우자는 것이냐. 그 이상한 창으로?"

"비키지 않으면 죽인다."

하루는 일부로 더 세게 나갔다.

이 정도는 돼야지 이 사람들이 물러갈 것 같았다.

"우린 너희에게 볼일이 없다. 괜히 시비를 걸어온 것은 너희 쪽이다. 다시 한 번 말한다. 비.켜."

유한정은 그런 하루의 모습에 어떻게 할까 고민이 되었다.

안 그래도 힘에다 스텟을 많이 찍어서 지능이 부족한데 이놈이 족족 맞는 말만 한다.

"이, 이 자식……!"

"아니면 그냥 돈 뺏으러 온 양아치 녀석들인가?"

이들도 싸우러 온 것은 아닐 것이다.

사람이 많다면 제대로 된 사고방식을 지닌 자가 있을 것이다.

일이 커지면 수습하기가 어렵다.

이미 한정 공격대 내부에서는 말려야 하지 않냐고 말이 나오고 있었다.

피융—!

하루의 바로 귀 옆으로 화살이 지나쳤다.

엄청난 위력!

맞았다면 얌전히 죽었을 것이다.

"그만두죠, 대장—"

"조준호."

"소란 피워서 좋을 거 없습니다."

빨간 활을 들고 인상이 날카로워 보이는 남성이 한정 공격대의 틈에서 걸어 나왔다.

유한정도 조준호라고 불린 자의 말에 뭐라고 하지 못하는 것 같았고 이내 아무 말 없이 등을 돌렸다.

"우리도 가자."

갈색 기다란 테이블이 있는 회의장, 열댓 명이 넘어 보이는 사람들은 소리를 치는 건지 큰소리가 났다.

"저대로 놓으실 겁니까?!"

"대기업들의 횡포입니다, 횡포. 전쟁 중도 아닌데 무기를 버젓이 팔고 있다니요!"

"어쩔 수 없는 사태입니다. 군대만으로는 어찌할 방도가 없습니다. 그리고… 전쟁보다도 더 심각한 문제가 아닙니까……."

국회의원들의 의견 충돌은 계속해서 일어났다.

대기업에서 대장장이들을 설득해서 무기를 만드는 것을 알고 있었지만 막을 방법이 없었다.

거의 모든 국민들이 무기를 만들어서 팔겠다는 대기업들을 응원했기 때문이다.

"후… 그건 그렇고 시골 작은 마을들은 어떻게……."

"일단. 언론 쪽은 막았습니다. 그치만 덩치가 계속 커지는 것이 아무래도……."

"도시 쪽으로 내려오기라도 하면 큰일입니다. 대통령님, 속단을……."

몬스터 때문에 죽은 사람들은 의외로 적었다.

그렇지만 가끔 비정상적인 몬스터들이 나타나고 있었다.

그게 문제였다.

계속되는 회의에 입을 다물고 있던 현 대통령이 입을 열며 회의실에 앉은 사람들을 쳐다봤다.

"사람들 눈도 있고… 폭탄도 총도 통하질 않으니 안 돼요. 일반 군인들을 보냈지만 속수무책이었어요. 그… 한정 공격대라는 곳이 있다고 했나요?"

"예. 지금으로서는 제일 괜찮다는 민간인들이… 그곳에 속해 있습니다."

"불러…들이세요. 한 번 설득은 해봐야죠."

"과연 한다고 할까요. 자칫하면 죽을 텐데 말이죠……."

총을 소지한 군대들조차 어찌하지 못한 몬스터였다.

한정 공격대, 유명하긴 했지만 그들의 화력이 어느 정도인지도 몰랐으며 공격이 통할지 통하지 않을지도 미지수였다.

"치명상이라도 입혀 놓으면 그걸로 충분합니다."

"희생시키려는 겁니까! 그들도 우리 국민입니다. 대통령님!"

이미 여러 번 전투를 통해서 깨달은 것이지만 어떤 이유에서인지 총기가 통하질 않았다.

폭탄도 마찬가지고 말이다.

오로지 칼과 활, 덫 같은 것에만 데미지를 입는다는 것이 확인되었다.

"희생이 아니라 회생입니다. 살려야 하지 않습니까, 이 나라를요."

대통령의 한마디로 더 이상 무슨 말을 할 수가 없었다.

지금은 다른 나라들도 마찬가지로 몬스터 문제 때문에 골머리를 썩이고 있었다.

한국이라는 조그만 나라를 구해줄 신경을 쓸 마음 넓은 나라는 없었다.

"죄송합니다."

"…라베."

커다란 방으로 들어오자, 라베는 무릎을 꿇었다.

이미 자신을 감시하는 이들에 의해서 보고가 되었을 것이다.

이하루를 놓치고 쓸 만한 아선까지 같이 놓쳤다는 것을 말이다.

"죄, 죄송합니다. 다시는……!"

"다시…라는 말이 몇 번째죠."

주인님은 라베의 배를 바닥으로 걷어차 버렸다.

살짝 차기만 했는데도 배를 부여잡고 쓰러질 정도의 고통이 느껴졌다.

그러나 라베는 참았다.

'주인님은 넘어지는 걸 제일 싫어하신다. 참아야… 크윽…….'

"그리고. 조용히 데려오라 하지 않았습니까."

"그게… 아무래도 마법사이기 때문에… 폭발 마법도 있었고……."

라베는 고개를 푹 숙였다.

주인님에겐 그냥 불필요한 변명거리일 뿐이었다.

"자꾸 혼자서만 강해지면 안 되는데요. 제 우리 안에서 키워야 나중에 쓸 때가 있을 텐데… 제가 나서게 하지 마세요."

주인님은 라베의 귓가에 쪼그려 앉아서 낮은 목소리로 말했고 뒤이어 더 작은 목소리로 말했다.

"꼬리가 길면 밟히는 거예요. 일을… 빨리 처리하지 않으면… 알겠죠."

라베의 몸이 크게 흔들렸다.

동공도 제 자리를 찾지 못하고 주인님의 손짓에 일어난 라베는 좀 힘을 쓰더라도 일단은 잡아야겠다는 생각이 들었다.

최대한 다치지 않게 잡으라곤 했지만 계속 놓치는 바람에 자기가 죽게 생겼다.

"알… 알겠습니다."

사람들을 피해 방으로 들어온 하루는 땀에 흠뻑 젖어 있는 자신의 손을 바라봤다.

한정 공격대의 조준호라는 사람의 화살, 실제로 사냥터의 몬스터 중에 이런 능력을 가진 몬스터가 있다면?

'난 죽었을 것이다.'

"하루야, 왜 그래? 무기 점은 안 가?"

"다음 계획을……."

같이 모인 지영과 아선이 옆에서 뭐라 말을 했지만 하루는 두려움에 붙들려 있었다.

일단 하루가 호텔방으로 향하는 것을 따라오긴 했지만 하루는 아무 말도 없었다.

'난 약해.'

화살이 옆을 스쳐 지나간 게 아닌, 머리를 관통하기 위해서 날아온 화살이라면 그것을 막을 방도가 없었다.

왠지 무기력함이 느껴졌다.

한정 공격대 대원들 중 한 명이 그렇게 강하다면 대장은 도대체 어느 정도의 힘을 가지고 있는 것인가, 감이 잡히지도 않았고 겁 없이 도발을 했던 자신이 한심했다.

하루가 터덜터덜 남은 방으로 걸어가 방문을 걸어 잠갔다.

지영과 아선이 불렀지만 무시했다.

'강해져야 한다. 강해져야 한다. 말만 하고 그런 노력도 하지 않았다. 한심하다.'

특별한 사람이라는 것을 알고 있다.

그렇지만 있었던 마법들만 계속 사용했고 오로지 공격적인 방법으로만 사용했다.

얼마든지 활용법은 많고, 마나라는 것을 다룰 수 있는 능력이 자신에게는 있었다.

'마나, 넌 왜 나한테만 있는 거냐.'

이유를 묻지만 대답해 주는 사람은 없다.

자신에게만 있는 마나, 다른 사람들은 체력을 이용해서 기술을 쓰고 자신의 비팅 스피어도 마찬가지였다.

'활용. 마나를 다룬다.'

처음 마법을 사용할 때 느낀 이상한 감각.

왜 이제야 생각이 난 걸까, 활용도 많이 할 수 있는데 말이다.

예를 들면 단단한 아이스 스피어를 만들 때라던가, 파이어-버스터의 폭발력으로 회피하는 방법 같은 것도 쓸 수가 있었다.

'내가 왜… 이리 멍청하게 살았지.'

지능에 올인을 했다.

박사나 선생님, 의사 같은 사람들도 뭔가를 더 기억하고 배우기 위해 지능을 올렸을 것이다.

하루가 공부를 잘한 것도 없었지만 이젠 아니었다.

“스텟 지능에 올인.”

엑스텀프 때부터 레벨 업을 하고 쓰지 않았던 스텟을 전부 지능에 투자를 하니 200대가 넘어갔다.

‘이제 공부 못 하던 이하루가 아니야.’

하루는 기억을 더듬었다.

마법이란 것을 쓸 수 있을 때부터 지금까지 성장해 왔던 과정.

‘마나 통이 늘어난 이유… 이해?’

‘마나를 이해해서 지닐 수 있는 마나가 많아졌다’라는 알림음을 들은 적이 있었다.

그 당시에 정신이 없어서 놓쳤지만 말이다.

이제야 기억이 난 것이다.

“이해라… 이해… 파이어-버스터.”

하루의 주변에 5개의 뜨거운 구체가 떠올랐다.

그러나 하루는 뜨겁지 않다.

신이 인간을 만들고 인간이 신을 만지거나 공격할 수 없는 것과 같았다.

하루가 만들어낸 것, 파이어-버스터를 조금이라도 건드리던가 하루가 손짓을 하면 어디론가 날아갈 것이었다.

‘어떡하지…….’

막상 시전을 하고 보니 여긴 시골도 아니고 사람도 없는 게 아니었다.

오히려 그 반대인데 하루는 마법을 취소하는 법을 몰랐다.

여기서 터트렸다간 신문 기사 일 면을 장식할 것이었다.

'이해, 이해를 해야 돼.'

신기해서 처음 마법을 시전했을 때 느꼈던 그 감각.

찌리릿 약간의 전기가 팔을 통하고 몸 안에 있던 것이 빠져나가는 느낌.

그 느낌은 화장실에서 볼일을 보는 것과 별로 다르지 않았다.

좀 더 성스러운 느낌과 노폐물이 아닌 깨끗한 기운.

불 속성인 파이어—버스터를 시전할 때, 얼음 속성인 빙결—빙하장막을 시전했을 때도 항상 하루의 손은 푸른 빛이 감돌았다.

차가운 얼음 속성의 색이 아닌 따듯한 푸른색.

'그것이 너의 색이냐. …왜 나에게 온 것이냐. 왜 나에게만 깃든 것이냐.'

마나는 하루의 손에서 대답을 하듯 스멀스멀 손에서 짙은 연기가 나는 것처럼 올라왔다.

'마법은 너를 이용한다. 그러니 너의 것. 너는 나의 것.'

짙은 연기는 다섯 개의 구체로 각각 휘말려가듯이 들어갔다.

점점 줄어들기 시작하는 구체의 크기, 하루가 생각을 하는 대로 마나가 파이어—버스터에 있는 자신의 일부를 회수하기 시작한 것이었다.

그리고 사라지기 직전, 푸슉— 하고 약간의 소리만을 내며 공중에서 사라졌다.

하루는 마나를 느끼며 자신의 손에 나와 있는 마나를 돌려보내지 않았다.

'너희는 어디로부터 오는가. 공기 중에 있는 것인가 아니면 자연이라는 곳에서 오는 것인가.'

항상 궁금하다.

어찌 휴식을 치하면 마나가 차오르는지, 줄어들었던 체력이 어째서 차오르는 건지.

하루의 마나가 소모되며 손에 있던 마나가 푸르고 짙은 가지를 치기 시작했다.

마치 땅속에 있는 뿌리처럼 방 안을 꽉 채웠다.

'모든 곳에서 온다는 것이냐.'

푸르고 짙은 가지들은 모든 곳을 가리키고 있었다.

가지들이 희미해지며 가루처럼 바닥에 떨어지는 듯싶더니 작은 방울방울이 되었다.

하루는 가만히 서 있었다.

더 이상 마나를 일부로 느끼지 않았다.

"들어가 봐야 하는 거 아니에요?!"

하루가 있는 방 앞에 있는 소파에 있던 지영은 하루의 방에서 새어나오는 푸른색 빛을 발견하고는 걱정했다.

아선이 당장이라도 채찍을 들고 문을 부수려는 지영을 말리며 고개를 도리질 쳤다.

'마법? 그런 건 판타지에서나 나오던 거라고… 물론, 지금 이 세상도 이해가 안 가지만. 이하루, 제일 이해 안 되는 건 너다.'

—스킬 '컨트롤'을 습득하였습니다.

—마나의 이해, 세상의 모든 만물에서 마나가 온다는 것을 깨달았습니다. 자연의 마나를 사용할 수 있습니다.

공중에 있던 마나 방울들이 순식간에 하루에게 빨려 들어가면서 알림음이 들렸다.

그러나 하루의 표정은 좋다거나 신나하는 표정이 아니었다.

그냥 무표정이었다.

기분이 좋지도 나쁘지도 않은 것이었다.

"스킬 정보, 컨트롤."

컨트롤

어떤 마나든 컨트롤이 가능하다.

다루는 방법은 시전자의 역량에 달려 있다.

일정 확률로 속성 스킬이 생성될 수 있다.

간단하고 명쾌한 스킬 정보였다.

무엇이든 가능하다.

상당히 사기적인 스킬이라고밖에 설명을 할 수가 없었다.

그리고 또 다른 알림음은 하루의 고개를 갸웃거리게 만들었다.

'자연의 마나를 사용……?'

자신에게 있는 마나 말고 자연의 마나를 사용한다.

지금으로서는 자세한 판단은 어려웠다.

써 봐야지 정확한 판단이 가능했다.

"사냥을 가야겠군."

하루의 방문이 열렸다.

컨트롤도 사냥터에서 써볼 예정이었다.

마음껏 사용할 수 있는 그런 곳.

지영과 아선은 부들부들 떨었다.

아선은 웬만하면 떨지 않으려 안간힘을 쓰고 있었지만 그게 마음대로 되지 않았다.

"들어가죠."

어둠이 내려앉은 공동묘지.

흉가도 옆에 있었다.

그나마 제일 가깝고 사람이 오지 않는 곳이었다.

여기저기서 주워듣고 호텔에 있는 컴퓨터를 활용한 결과, 이미 다른 사냥터들은 전부 사람들이 차지를 했다는 것이었다.

돈벌이가 되는 사냥, 몬스터를 잡는 많은 헌터들이 생긴 것이다.

"너, 너무 어둡지 않아?"

"그래. 공격만… 공격만 당하지 않을까 나도 그리 생각되네만……."

이곳으로 오자고 했을 때부터 쭉 아선과 지영은 반대를 했지만 이곳 아니면 어디로 갈 것이냐 말하는 하루의 말에 묵묵히 따라올 수밖에 없었다.

마법을 마음대로 사용할 곳도 없었고 말이다.

"컨트롤—"

하루가 시동어를 말하자 마나들이 뻗어 나왔다.

그리고 방울처럼 자잘하게 불어나기 시작했다.

하루가 바로 생각했던 그 모습 그대로였다.

하루 일행을 따라다니며 푸른빛을 띠고 주변을 밝혀 주는 것이 하루가 원하던 것이었다.

"뭐야… 이거?!"

"아… 와… 설마 이 세상도 네가 만든 건 아니냐."

그 아름다운 광경에 아선과 지영은 넋을 놓으며 하루의 마나를 쳐다봤다.

그러나 하루는 신경 쓰지 않고 유령형 몬스터 즉, 귀신이 나온다는 무덤가를 바라봤다.

지금은 눈에 보이는 게 없었다.

그러나 개의 눈에는 보일까 생각을 했다.

"말랑이 소환."

[…! 주, 주인!]

이상한 자세(?)로 소환된 말랑이는 정말 개의 모습으로 엎드리고 엉덩이를 뒤로 쭉 뺐다.

좀 전에 빨간 뭔가를 본 것 같았지만 신경 쓰지 않기로 했다.

"이건 뭐냐, 여긴 어디……."

말랑이는 바로 주변을 둘러보고는 으르렁거렸다.

말랑이의 소리 때문인지 하루의 마나 방울에서 눈을 떼고 말랑이가 보고 으르렁거리는 곳을 쳐다봤다.

"말랑아, 왜……?"

ㅡ펫과 주인은 한 몸. 말랑이의 시선을 공유합니다.

"윽!!"

하루의 눈에 통증이 일어났다.

3초 정도, 고통을 참고 눈을 뜬 하루는 심장마비에 걸릴 뻔했다.

하루의 바로 앞에 있는 수많은 귀신들의 모습이 보였다.

일제히 하루를 보고 있었다.

[크르응… 크릉…….]

말랑이가 으르렁거리자 무서운 듯 뒤로 물러나는 모습이 보였다.

할머니, 할아버지, 젊은 여성과 젊은 남성…….

미동도 없는 그들의 모습은 지극히 정상적으로 보였다.

투명해서 반대편이 보이는 것 빼고 말이다.

'몬스터라고……?'

[주인. 위험하다. 망령이다. 망령.]

"…공격은 안 하는데……?"

하루도 사실 무서웠지만 그들에게로 발을 옮겼다.

"뭐가… 보여?"

"귀신이라도 보는 건가! 이하루!"

"응. 보이긴 하는데……."

―필드 '망자의 무덤'에 입장하셨습니다. 어둠 속이라

모든 몬스터의 공격력과 방어력이 20% 상승합니다.

알림음과 함께 하루와 말랑이가 보고 있었던 귀신이라는 존재의 등 뒤에서 하얀 보자기가 솟아올랐다.

그리고 귀신들의 모습을 감싸며 공중으로 살짝 띄웠다.

아선과 지영의 눈에도 모습이 보이기 시작했다.

일단 최우선으로 빠르게 지영이 정보 확인을 했다.

스펙터

현세에 원한이 있어서 기억은 잃고 사람을 증오하는 마음을 가지고 존재한다.

물리적 공격은 통하지 않는다.

하루야! 물리적 공격이 통하지 않는다고…….”

“뭐?!”

지영의 말에 아선의 반응이 더 빨랐다.

물리적인 공격이 통하지 않는다면 지영과 아선은 피하기만 하고 손가락만 쪽쪽 빨고 있을 수밖에 없었다.

스펙터가 등장했다고 전부 달려드는 게 아니었다.

아직 인지를 못한 건지, 선공형 몬스터가 아니었는지 각자 무덤을 떠돌았다.

“인첸트—화속성.”

일단 하루는 지영이 들고 있던 채찍에 인첸트 스킬을 사용했다.

지영의 채찍에 불이 붙은 것같이 이글거렸다.

그러나 아선은 아무런 무기도 없었다.

완전 근접 스타일이었다.

하루가 약간 고민을 하다가 그냥 아선의 전체 몸을 보고 스킬을 사용했다.

—어느 부위에 인첸트를 하시겠습니까?

'럭키.'

약간 성격이 바뀐 듯한 하루의 입가에 미소가 지어졌다.

후이이잉—

한결 바람이 느껴졌다.

묘지에서 서늘하게 불어오는 것이 아닌, 미지근한 느낌이었다.

"이제, 공격이 통할 겁니다. 모두."

하루는 아선의 손에 바람 속성을 인첸트했다.

아무래도 초근접 공격을 행하다 보니 좀 더 공격 속도를 올릴 수 있는 속성을 선택한 것이었다.

말랑이는?

괜찮았다.

원래의 모습을 볼 수도 있으니 공격 또한 가능할 것이

었다.

어디에서 들었는지 잘 생각이 나진 않지만 인간 빼고는 모두 귀신이 보인다는 말을 누군가 했었다.

"장난 아니다! 하류야, 공격력이 엄청……."

"손이 가볍다. 이런 게 바로 마법이군."

"자… 이제 일해야죠?"

누가 어떻게 잡았는지 모르겠지만 스펙터의 두건이라는 전리품이 꽤나 비싸다고 들었다.

장비를 만드는 재료로 쓰인다고 들었다.

하루는 짝! 하고 박수를 치며 말했다.

그리곤 다른 스펙터들과 떨어져 있는 스펙터를 눈여겨봤다.

얼마나 스펙터가 강한지 몰랐기에 실험을 해봐야 했다.

"컨트롤."

마나가 자연스럽게 하루의 손에 떠올랐다.

날카롭게, 날카롭게라고 생각을 하며 화살 모양으로 만들어 갔다.

하루가 화살을 생각했지만 잘되지 않았다.

마나가 잘게 쪼개지며 그냥 날카롭게만 변했다.

마치 바늘, 그냥 바늘 여러 개가 생성되었다.

"데미지는… 줄 수 있겠지?"

자신의 생각대로 만들어지지 않은 것이 걱정이 됐는지 하루는 불안했다.

그와 함께 지영과 아선도 곧 이어질 전투에 긴장을 하고 있었다.

아선도 전투가 이번이 처음은 아니었지만, 처음 보는 몬스터를 사냥해야 하는 것이 걱정 됐지만 이상하게 강할 것 같은 하루가 있으니 약간은 안심이 되었다.

하루가 스펙터를 목표로 자신의 옆으로 생성된 바늘들을 날렸다.

스펙터가 눈치를 챈 듯 쳐다봤지만 이미 바늘이 눈앞이었다.

키에에!!

"……."

"……."

지영과 아선은 자신의 눈을 의심했다.

충성심이 최저인 말랑이는 아예 바닥에 앉아버렸다.

하루의 바늘들이 스펙터에게 꽂히는 순간, 없어지는 것이었다.

물론, 스펙터가 말이다.

"왜 이렇게 약해? 역시 아무거나 믿으면 안 되나……?"

"네가 강한 게 아닐까, 하루야?"

하루는 그런가 하고 생각을 했다.

어쨌거나 스팩터의 두건을 팔면 인터넷의 말이 진실인지 아닌지 알 수 있을 것이었다.

그렇게 생각을 하고 떠다니는 돈들을 바라봤다.

"그럼, 이번엔 내가 한 번 가보지."

하루의 눈짓을 봤을까, 자신과 같이 다니려면 어느 정도 능력은 있어야 한다는 듯한 느낌을 내포하고 있는 하루의 표정을 홀로 해석하고 아선이 말을 했다.

적어도 밥값은 해야 하지 않은가.

무기력하게 따라다니며 그냥 지켜볼 수만은 없었다.

도움을 받았었으니 아선도 뭔가 도움이 되고 싶었다.

'나도 그럼… 해볼까?'

지영도 마찬가지였다.

챙겨 왔었던 돈도 거의 떨어져간다.

쓸모없는 자신을 하루가 버릴 수도 있다는 생각이 들자, 하얀 천을 뒤집어쓴 스펙터들의 모습이 지폐로 보였다.

"그럼. 위험하면 제가……."

하루가 한 발짝 물러섰다.

그러자 아선이 바로 정면에 가까이 있는 스펙터에게 달려들었다.

"단타!"

아선이 공장 현장에서 몬스터들을 자주 상대하다가 얻

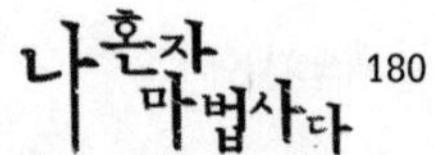

은 스킬이었다.

공격력이 100% 증가되며 짧게 1대 때리는 스킬이었는데 그다지 데미지가 많지는 않았지만 자주 쓰는 스킬이었다.

키이—에!

역시 마법으로 인첸트를 한 아선의 손이 효과가 있었는지 스펙터가 아선에게 맞은 뒤 노려봤다.

타격이 있어서 참으로 다행이다.

아선이 가슴을 쓸어내렸다.

스펙터가 아선에게 달려왔다.

아니, 정확히는 날아왔는데 하루는 문득 이런 생각이 들었다.

무기도 없는데 어떻게 공격을 할까 말이다.

그 해답은 지금 얻을 수 있었다.

날아온 스펙터는 그대로 속도를 유지하며 아선의 배에 몸통 박치기를 해버렸다.

아선이 받아치려고 했으나 너무 순식간이었다.

뒤로 쭉 밀려 나간 아선은 뭐가 좋은지 씩 웃었다.

"그래, 쉬우면 재미없지?"

스펙터에게 말을 내뱉고는 흔히들 아는 권투 자세를 하며 가볍게 뛰었다.

어렸을 적, 동네에서 알아주는 양아치였다.

그러나 불의의 사고로 인해 결혼을 하게 되고 책임감이라는 것을 느끼게 된 아선은 본래의 모습을 숨기며 약 20년간을 살았다.

길거리에 돌아다니는 흔한 배 나온 아저씨들 중 1명, 그들 중에는 일진이었던 사람도, 폭력 조직에서 일을 하던 사람 등도 있었다.

'야, 인마. 내가 소싯적에는 말이야~'라 말하는 흔한 배 나오고 인상 좋아 보이는 아저씨들의 말이 허세가 아니라 정말인 경우가 많다는 말이었다.

20년 전, 숨길 수밖에 없었던 싸움의 본능이 살아났다.

"귀신 놈… 처맞고 뒤져!!"

다소 격한 언행으로 스펙터에게 달려든 아선은 오른 주먹을 휘둘렀다.

너무 힘을 많이 주지 않았다.

만에 하나 공격이 실패로 돌아간다면 힘을 줬을 때는 자세가 불안정해서 피하거나 다음 공격을 할 수가 없었다.

바람 소리와 함께 날아간 아선의 주먹은 스펙터에게 정확히 꽂히지는 않았다.

스쳤는데 아선의 주먹 주위를 돌고 있는 바람들이 스펙터를 공격한 것이었다.

"젠장!"

그 후로도 주먹을 내찔렀지만 민첩성이 꽤 높은지 아선의 공격을 이리저리 잘도 피했다.

'위협적인가?'

별로 위협적이지 않거나 통하지 않는다면 스펙터가 저리 열심히 피하진 않을 것이다.

아선이 이상함을 느낄 때쯤 옆에서는 다른 전투가 시작되려 하고 있었다.

"후… 하루야, 꼭 위험하면 도와줘야 해? 알겠지?"

쓸데없는 애교를 날리며 지영이 채찍을 휘둘렀다.

인첸트된 채찍에 있는 불길이 자신에게 뜨겁지 않고 피해가 되지 않는 것을 알아챈 지영은 신기하다며 불길을 계속 잡았었다.

그러나 스펙터에게는 위협적인 불길일 뿐이었다.

휘익―!

광범위라고 할 수 있는 채찍을 스펙터가 피할 수는 없었다.

아선을 공격한 것과 같이 스펙터가 날아오려고 했으나 지영은 틈을 주지 않고 채찍질을 했다.

몇 번 공격을 맞더니 스펙터는 두건만 남기고 사라져버렸다.

자신의 공격에 몬스터가 잡혀지니 신이 났는지 지영이

다음 공격 대상을 찾았다.

아선은 언제 사용했는지 버서커 상태가 되서 스펙터들의 틈을 종횡무진 했다.

약 두 대 정도면 희미하게 사라지는 스펙터들을 보며 아선은 웃음을 지었다.

'언데드… 언데드…….'

두 명이 하루 대신 사냥을 하는 동안, 하루는 생각에 잠겼다.

찾아야 하는 것은 칸드라였다.

라이프 포스 베슬을 지니고 있는 웨어울프, 죽여도 살아나고 살아나고 하는 것은 언데드밖에 없었다.

즉, 칸드라에 관한 힌트는 언데드에게서 얻어야 한다는 것이었다.

여러 가지 이유가 있었지만 묘지를 일부로 온 것은 칸드라를 찾기 위한 이유가 제일 컸다.

키에에!

"이런 곳에 단서 같은 건 없는 건가……."

하루에게 몸을 스친 스펙터는 하루를 적으로 간주하고 몸을 내던졌지만 간단히 아까와 같이 만들어낸 마나로 된 바늘을 이용해서 처리를 했다.

스펙터는 아선과 지영도 간단히 죽일 수 있으니 그다지 강한 몬스터가 아니구나라는 판단이 하루의 머릿속에

섰다.

그러나 하루가 한 가지 간과한 게 있었다.

물리 공격이 통하지 않은 스펙터에게 데미지를 주고 있는 건 지영과 아선에게 걸어준 마법, 인첸트였다는 것을 말이다.

"좀 더 강하고, 지능이 있는 언데드는 어디에서 찾아야 하나……."

둘러보니 족히 200은 되어 보이는 스펙터들의 모습이 있었다.

지영과 아선이 수를 줄여나가고 있었지만 그래도 많았다.

"주인은 안 싸우나."

"넌 뭐하는 거야?"

"내가 다가가기만 해도 도망가는데……."

가만히 앉아서 뒷발로 머리를 긁고 있던 말랑이가 직접 그 모습을 보여줬다.

말랑이가 스펙터가 있는 곳으로 가자, 무서운지 말랑이의 주변은 얼씬도 거리지 않았다.

"다들 잠시만, 나와봐."

"왜? 한참 재밌는데."

"아까는 무서웠는데 뭐, 별거 아니네."

하루의 말에 잡던 것은 잡고 나서 하루의 곁으로 왔다.

하루는 아무 말 없이 남은 마나를 바라봤다.

컨트롤 마법이 많은 마나를 잡아먹지 않는 듯 마나통이 거의 다 꽉 차 있었다.

"시간 지체하지 말고 빨리 그냥 가는 게 좋겠어."

'그리고 혹시라도…….'

하루는 컨트롤로 많은 마나를 대기 중으로 끌어올리며 엑스텀프를 전부 잡아버렸을 때, 보스 몬스터인 트롤이 등장했을 때를 생각했다.

지능이 있는 언데드 그리고 칸드라에 대해서, 조금이라도 알 것 같은 언데드를 만나는 게 하루의 목적이었다.

"컨트롤."

마나로 된 수많은 바늘들!

하루는 스펙터들 전부에게 공격을 할 생각이었다.

광역 스킬인 토네이도-버스터가 있었지만 그건 소음이 심했기에 묻어 두기로 했다.

지영과 아선, 말랑이는 그저 떡하니 입만 벌리며 허공을 수놓은 파란 빛을 바라봤다.

그와 함께 손짓을 하자, 사방으로 날아가는 바늘들은 스펙터들을 전부 즉사시켰다.

파란 빛이 사라지자, 이번에는 하늘에 하얀색 두건들이 천천히 내려왔다.

—대량 학살! 한 번의 공격으로 모든 스펙터가 사라졌습니다. 경험치 +10%.

—2번 죽은 억울함 때문에 뭉친 보스 몬스터 '워느호니아'거 등장합니다.

—레벨 업을 했습니다! 스텟을 분배해 주세요.

아무런 말도 하지 못하고 스펙터가 전부 죽은 시점부터 하루는 눈을 커다랗게 뜨고 있었다.

반쯤 벗겨져 있는 하얀색 천을 머리에 쓰고 있는, 20대 후반 여성 정도로 되어 보이는 영혼의 모습으로 하루의 바로 코앞에서 하루를 쳐다보고 있었다.

눈물을 흘리며 가만히 공중에서 하얀색 천을 펄럭이며 하루를 보고 있는 것의 정체는 보스 몬스터 워느호니아였다.

뭔가에 침식당하지 않으려 고개를 부들부들 떨며 하루를 공격해 오지 않았다.

하루를 보고 있는 워느호니아의 눈에서 원통한 듯 더욱 많은 눈물이 흘렀다.

[도으… 도으아…….]

어딘가에서 목소리가 들려왔다.

알림음은 아니었고 그렇다고 지영과 아선, 말랑이도 아니었다.

그 외에 다른 생명체라고는 워느호니아밖에 없었다.

'설마…….'

하루는 인상을 쓰고 눈물을 흘리고 있는 워느호니아를 쳐다봤다.

작게 입이 움직이고 있었다.

제대로 된 언어를 구사하는 것은 아니었지만 확실히 지능이 있는 것이 분명했다.

하루가 손을 올려서 가만히 떨고 있는 워느호니아의 볼을 닦아주려 했다.

공격을 하지 않는다는 것은 해가 되지 않다는 것.

영혼이라지만 우는 여성을 마냥 보고 있을 수만은 없었다.

—퀘스트 조건을 충족했습니다.

—퀘스트 발동. '워느호니아의 눈물'.

워느호니아의 눈물

원한이 있어서 현세에 남기는 했지만 사람들에게 해를 끼치고 싶지는 않았다.

그래서 계속해서 눈물이 흐른다.

돌아갈 곳도 잃어버리고 광폭하게 돌변했다.

슬프고 또 슬픈 워느호니아의 눈물을 닦아줄 수 있는 손수건이 이곳 어딘가에 있다.

진실을 찾아라.

선한 사람 이하루는 자신들을 원래대로 돌려놓을 수 있다고 믿고 있다.

제한 : 해가 뜨기 전까지 손수건 획득.

보상 : 워느호니아의 망토.

"시간이 없어… 어떻게 찾으라는 거야?"

"하루야… 뭐야? 왜 공격도 안 하고 보는데……."

[크르응…크릉…….]

말랑이가 계속 경계를 하고 있었고 지영과 아선도 잠시 경직되어 있었지만 하루의 행동으로 말을 꺼낼 수 있었다.

"퀘스트야. 여기 어딘가에 있는 손수건을 찾아야 돼."

"손수건? 이 무덤에서?"

하루는 더 이상 말을 하지 않고 가만히 있는 워느호니아를 내버려두고 손수건을 찾기 시작했다.

시작이라고 해봤자 고작 풀숲을 뒤지는 것뿐이었다.

지영과 아선도 힐끔힐끔 워느호니아와 하루를 보더니 풀숲을 살피기 시작했다.

혹여 나무에 걸려 있을까 흔들어보고 목이 빠져라 위를 쳐다보기도 했다.

"어디 있는 거야, 도대체?"

[크…빠…빠으…….]

워느호니아의 목이 비정상적으로 꺾이며 괴로운 표정을 지었다.

물론 다들 손수건을 찾는 데에 정신이 팔려 있어서 그 모습을 보진 못했다.

워느호니아도 가만히 있는 것처럼 보이겠지만 실은 엄청난 노력을 하고 있었다.

원한이 쌓이고 모이게 되면 정신은 여러 개로 분열되고 그것은 곧 광폭, 살의만 남게 된다.

"아, 말랑아. 냄새 못 맡아? 손수건 냄새!"

하루에겐 개코 말랑이가 있었다.

그런데 말랑이에게 들려온 말은 충격적이었다.

[주인. 손수건 냄새가 뭔데?]

"…천 냄새……?"

말랑이에게 손수건 냄새를 묻는 것은 우리에게 우주의 냄새가 뭐냐고 묻는 것과 같은 것이었다.

하루는 고개를 내저으며 지금까지 찾고 있는 곳을 바라봤다.

거의 모든 곳을 뒤진 것 같았다.

아직 새벽이고 시간은 많았지만 계속 이런 식이면 아침까지 찾지 못할 게 뻔했다.

"어디지… 후……."

하루는 퀘스트 내용을 다시 한 번 띄워서 보았다.

'원한이 있고… 진실… 돌아갈 곳… 돌아갈 곳…? 진실?'

현재 퀘스트의 완료 조건은 손수건 획득.

그런데 내용엔 진실을 찾으라는 것이 기재되어 있었다.

뭔가 냄새가 났다, 냄새가…….

"말랑… 여기다가 그러면!"

[주인, 왜 그러는가?]

말랑이는 하루의 바로 옆에 있는 나무에 실례를 하고 있었다.

하루가 코를 막으며 무덤을 손으로 가리켰다.

"지금부터 무덤을 판다, 빨리."

"하루야, 무덤은… 그러다 벌 받아."

"찾아달라고 하고 있잖아. 난 찾는 것뿐이야."

하루의 명령을 들은 말랑이는 즉시 하루가 손짓을 한 무덤을 파기 시작했다.

지영과 아선이 말리려 했지만 너무나 쉽게 무너지는 무덤을 보며 행동을 멈췄다.

말랑이의 앞발에, 드러난 관으로 하루가 접근을 해서 열었다.

"비어 있어!"

"원래 있어야 하는 거 아니야? 시신이……."

'시신이 없다. 그렇다면…….'

좀 더 자세한 건 이 퀘스트가 끝나고 나서 어떻게든 워느호니아에게 물어봐야 할 것 같았다.

말을 잘 하지 못하는 것을 보니 제대로 대화가 될지는 몰랐지만 말이다.

"무덤 전부… 봐야겠다."

말랑이와 지영, 아선은 모든 무덤들을 파보기 시작했다.

조금만 세게 건드려도 무너졌기에 관 안에 시체가 없다는 것을 확인할 수 있었다.

"대체 누가… 이딴 짓을……."

관 안의 시신을 가져가는 것은 사람이 할 짓이 아니었다.

어떤 용도로 쓰일지 모르지만 그 존재는 악마거나 정말 미친 살인마일 것이다.

찾다보니 어느 한 관에 있던 손수건을 하루가 찾아냈다.

약간의 핏자국이 있는 그런 하얀색 손수건이었다.

"왜……."

처음 볼 때보다 심하게 흔들리고 있는 워느호니아의 모습에, 먼저 다가갔던 지영이 놀랐다.

무슨 이유에서 저러고 있는지 몰랐지만 하루가 재빨리 달려가서 손수건을 내밀었다.

[크에에에에에에!!]

워느호니아의 비명에, 귀를 순간적으로 막으며 고개를 돌리는 지영과 아선을 제외하고 하루와 말랑이는 지금 워느호니아의 앞에 생성되고 있는 검은색 구체를 바라봤다.

"주인!"

"알아! 매직미러!"

하루는 고음을 참으며 매직미러를 연발했다.

그러자 갑자기 앞에 불투명한 막 같은 것이 여러 겹 생겨났다.

지능에 따라 공격을 튕겨내는 나름 괜찮은 스킬이었다.

그동안 쓸데가 없어서 까먹고 있던 스킬이었다.

워느호니아의 비명으로 생겨난 검은색 구체는 곧바로 하루에게로 날아왔다.

쿠―앙!

매직미러를 비스듬히 생성해서 튕기면 하늘로 날아가게 만들어 뒀다.

약간의 소리만 내며 검은 구체는 하늘로 날아갔다.

어디로 날아가서 박힐지 모르지만 이것만 아니면 일단 됐다.

워느호니아가 다시 구체를 생성하려 하자, 하루가 공격

을 해야 하나 생각했지만 워느호니아의 눈에서 흐르는 눈물이 너무나 신경이 쓰였다.

'이래서야 엄마 살릴 수 있겠어……?'

너무 나약하다.

그러나 어쩔 수 없었다.

"컨트롤!"

하루의 손에서 마나가 뿜어져 나왔다.

곧바로 워느호니아에게 여러 갈래로 날아가는 마나들은 강하게 워느호니아를 잡았다.

—스킬 컨트롤 효과로 인해 스킬 '속박'이 생성되었습니다.

[키, 키에에에에으으!]

몸부림을 치는 워느호니아에게 하루가 다가갔다.

더 이상 비명은 지르지 않았지만 왠지 징그러운 모습이었다.

하루는 손수건을 들어 눈물을 흘리고 있는 워느호니아의 눈물을 닦아주었다.

그러자 퀘스트가 완료 되었다는 알림음과 함께 환하게 빛이 나기 시작했다.

워느호니아의 머리 부분을 덮고 있던 하얀색 천은 벗겨져서 사라졌다.

그리고 워느호니아의 망토를 습득했다는 알림음이 들

렸다.

"으음……."

눈이 부셔서 감고 있던 눈을 뜨니 하루의 앞엔 지영과 비슷한 나이로 보이는 여성이 공중에 떠 있었다.

그리고 처음에 말랑이의 시선으로 봤던 원혼들이 그 뒤로 쭉 보였다.

"뭐야, 다 사라진 거야?"

"하루야, 끝?"

[앞에 전부 있다. 주인 방해하지 마라.]

지영과 아선의 눈에는 이 여성이 보이지 않는 듯 말했다.

여성은 하루에게 좀 더 가까이 다가와서 고개를 숙이며 인사를 했다.

[정말! 정말 고마워요!]

"시신이… 무슨 일이 있던 겁니까."

하루는 손사래를 치며 본론으로 바로 넘어갔다.

뒤에 있는 원혼들은 가만히 있는 것을 보니 말을 하지 못하는 것으로 이해를 했다.

[그게… 흑…흑… 저희들의 시신이 어느 순간 혼자 움직였어요. 마치 누군가 조종을 하는 것처럼… 따라가고 싶었지만 여길 벗어날 수가 없었어요. 우린 결국 무덤 밖에서만… 떠돌아다닐 수밖에 없었어요.]

"알아서 관을 열고, 무덤을 파헤치고 육신이 혼자 움직였다…는 겁니까? 다른 건 뭐, 이상한 건 없었어요?"

[없었어요… 그 붉은 눈… 빼고는…….]

여성은 말을 하며 간간이 눈물을 흘렸다.

정리를 해보면 이들의 육체는 좀비가 되어 무덤을 걸어나갔고 아는 것은 아무것도 없었다.

"붉은 눈 빼고는? 누구의 붉은 눈을 말하는 거예요?"

[우리들요. 우리들의 육체의 눈 부분에 검붉은 빛이 났어요… 흐흑… 도와주세요.]

—퀘스트 발동. '원혼들의 부탁'.

원혼들의 부탁

누군가 원혼들의 육체를 강탈해 갔다.

육체가 곁에 없는 원혼들은 더욱더 거칠어지고 자아를 잃어 간다.

그렇게 오랜 시간이 지나면 강제로 소멸을 당할 수도 있다.

주변을 탐색하여 육체들의 이동 경로를 파악하고 원혼들의 육체를 되찾아 주자.

목표 : 원혼들의 육체 획득.

보상 : ???

'리치. 언데드 관련 퀘스트다.'

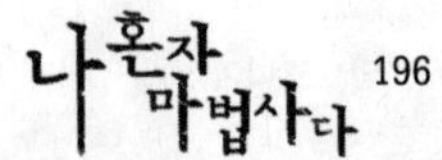

"제가 찾아드리겠습니다."

하루의 말에 뒤에 있던 원혼들이 고개를 숙였다.

아직까지 자아는 붙어 있는 것 같았다.

말을 하지 못했지만 자신들을 위해 힘써주겠다고 하니 고마운 표정이었다.

"저기… 저도 데려가 주시면 안 될까요?"

"나갈 수가 있나요? 저야 괜찮은데……."

영혼 상태라면 돈이 들 일도 없었다.

남들에게 보이지 않는다면 정찰 같은 것도 시킬 수가 있었기에, 흔쾌히 고개를 흔들며 말했지만 좀 전에 육체들을 따라가지도 못했다는 말이 생각났다.

"그런 거라면… 물건에 깃들면 됩니다. 제 이름은 채령이에요."

—원혼 '채령'이 워느호니아의 망토에 깃들길 원합니다.

—원혼 '채령'이 워느호니아의 망토에 깃들었습니다. 원혼 '채령'을 펫처럼 데리고 다닐 수 있습니다.

—워느호니아의 망토에 내장된 스킬 '강령술'울 사용하실 수 있습니다.

워느호니아의 망토

스펙터의 두건으로 만들어진 망토이며 물리 공격에 대한 피해를 최소화시켜 준다.

원혼 '채령'의 영혼이 깃들어 있다.

스킬 '강령술' 사용 가능.

원혼 '채령'의 투명, 불투명을 조절할 수 있다.

강령술

랜덤으로 망자를 소환하며 또한 30초간 명령을 내릴 수 있다.

소모 체력 : 100

하루가 고개를 끄덕이자 지영과 아선에게도 채령의 모습이 보였다.

"어떻게 된 거야?"

"이번엔 영혼…까지……."

지영은 역시나 뭔 일인지 물었고 아선은 이제 놀랍지도 않다는 표정으로 채령을 바라봤다.

[채령…입니다.]

"가자."

채령이 지영과 아선을 쳐다보며 싱긋 웃었다.

지영은 뭔가 탐탁지 않은 표정으로 채령을 쳐다보았다.

하루도 지영의 물음에 대답하지 않고 그냥 웃으며 가자

고 외쳤다.

'나보다 커… 씨이…….'

채령이 같이 가자며 하루에게 팔짱을 꼈다.

하루의 팔뚝에는 약간의 느낌만 날 뿐이었다.

난… 약해

한정 공격대가 일렬로 대통령의 앞에서 고개를 숙였다.

"한정 공격대 대장을 맡고 있는 유한정이라고 합니다."

많은 대원들이 보였지만 대표로 유한정이 말했고 그 뒤로는 조준호의 모습도 보였다.

대통령은 고개를 끄덕이며 손을 내밀었다.

"반갑습니다. 한국 최고 공격대 대장, 유한정 씨."

한정 공격대와 대통령은 인사만 나누고 바로 본론으로 들어갔다.

불이 꺼지고 프로젝트 빔이 켜졌다.

"이 녀석을 맡아 주셨으면 해요. 한정 공격대에서요."

밭 옆에 있는 집 한 채를 한 생명체가 깔아뭉개는 모습이 보였다.

생명체의 모습은 마치 원숭이와 같았다.

아니, 고릴라 쪽에 더 가까웠고 멀리서 찍은 듯한… 이 사진에 보이는 고릴라의 크기는 거대했다.

영화 '고질라'에 나온 녀석과 비슷하게 생겼다.

"저희가… 이런 엄청난 녀석을요? 군대에서 하면 될 일을……."

"국가 기밀이지만 코드 네임 NO.3라 불리는 사진 속 저 괴물은 총기나 폭탄에 피해를 입지 않아요."

지상 최고의 무기라고도 할 수 있는 총과 폭탄이 먹히지 않는다?

뜻밖의 말을 들은 유한정과 조준호는 놀랍다는 표정을 지었다.

나름 민간인을 보호하고 있다는 군대가 아무 쓸모도 없는 병력이라는 것은 가히 충격적이었다.

"NO.3만 총기와 폭탄이 먹히지 않는 건가요? 아니면……."

"…어떤 괴물이든… 통하지가 않아요."

총기를 민간인이 소지할 수는 없었다.

그랬기에 이런 사실을 몰랐던 것이다.

무기들은 어찌어찌 판매되고 있었지만 그런 곳에서 총기가 거래되는 것은 보질 못했다.

갖고 있다고 해도 믿고 사냥터에 나갔으면 몬스터들에게 당했을 것이었다.

"그래서 여러분께 부탁하는 거예요. 검, 창, 활 등 여러 무기들로 다른 헌터들보다 높은 곳에 있다는 것을 알고 있습니다. 허락만 하신다면 의사들을 지원해 드리겠어요."

의사를 지원해 준다는 건 어느 정도 체력 회복을 싸우면서도 할 수 있다는 뜻이었다.

분명 좋은 지원이었다.

그런데 사진으로 보이는 NO.3의 크기가 문제였다.

그리고 제대로 된 정보도 한정 공격대와 같은 대원들이 싸워보질 못 했으니 없을 것이다.

"위험 부담이… 너무 큽니다."

"충분한 사례와 자녀분이 있다면 직접 추천서를 써드리고 부모님이 있다면 매달 200의 생활비를 보내드리겠습니다."

"……!"

엄청난 조건이었다.

이 정도면 목숨을 걸 만했다.

NO.3의 레이드에만 성공한다면 그야말로 로또에 당첨이 된 것과 같을 것이었다.

그러나 그만큼 신중해야 했다.

보상이 큰 만큼 위험도 컸으니 말이다.

"저희 대원들과 상의를 해본 후에… 답을 드리겠습니다."

"이틀 정도면… 되겠어요? 그럼 그리 알고… 아, 저 괴물이 언제 도시로 넘어올지 모릅니다. 감사 카메라를 이용해 감시를 하고 있지만 낌새가 좀 이상하다는 정보예요."

대통령은 한정 공격대만 내버려두고 자신의 방으로 가버렸다.

국민들이 위험하다는 대통령의 말은 감정에 돌려서 호소를 하는 것이었다.

처리하지 못하면 국민들이 다치고 그중에 자네들의 가족이 있을 수도 있다는 암묵적인 뜻과 같았다.

"무조건 한다고 해야지요. 뭐, 저렇게 말이 많나요."

"대통령님……."

대통령의 말에 비서실장이 혹시 저들이 들을 수 있는 스킬이라도 있을 수 있다며 좀 자제하라는 제스처를 취했다.

그 모습에 대통령은 찡그려진 얼굴로 등 뒤에 있는 바

깥 풍경을 쳐다봤다.

"대통령이 하라 하면 해야 하지 않나요. 아니면 가족이 다칠 텐데……."

하루의 말에 지영과 아선은 각각 흩어졌다.

원혼들의 육신을 찾기 위해선 어디로 어떻게 이동했는지, 이동 경로가 필요했는데 그 답은 바로 길거리마다 있는 CCTV들이었다.

[주인니임~ 저기도 있어요!]

어느새 하루를 주인님이라 부르며 따라다니는 채령은 지영의 눈엣가시였다.

그렇지만 하루와 떨어질 수밖에 없었다.

"안녕하세요~ 혹시 CCTV좀 볼 수 있을까요. 키우던 개를 잃어버려서……."

가까운 편의점이 첫 번째 목표였다.

묘지 바로 앞에 위치하고 있는 편의점엔 하루가 들어갔다.

그냥 뭐 좀 찾으려고 CCTV를 보여 달라 하면 안 보여 준다.

뭔가 그럴듯한 이야기가 필요했다.

채령은 투명하게 해놓았고 말랑이도 소환을 해제했으니 걸림돌이 될 만한 것은 없었다.

"뭐어~?"

"할.머.니. CCTV요!"

귀가 잘 안 들리시는지 크게 말을 해야지만 할머니가 고개를 끄덕이며 알아들었다.

"밖에 장난감~? 그건 왜~?"

"아닙니다… 안녕히 계세요……."

꾸벅 하루가 인사를 하고 편의점 밖으로 나왔다.

처음 육신의 정체를 볼 수 있겠거니 생각했지만 결과는 모형 CCTV였다.

양옆으로 흩어진 지영과 아선을 생각하던 하루는 채령의 이름을 불렀다.

"혹시 육체들이 저절로 움직여서 나간 게 몇 시쯤인지 알겠어?"

"그게… 저녁이었어요."

곰곰이 생각하더니 채령이 말했다.

이것을 물어본 이유는 이상해서였다.

좀비 모습을 한 육체들이 길거리를 지나가는데 아무리 늦은 저녁이라고 하지만 발견하지 못했다는 게 이상했다.

좀 더 나아가서 말을 하자면 주변 일대가 너무너무 조

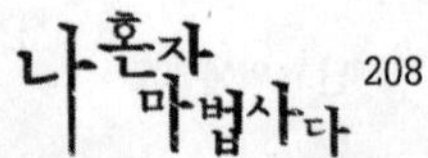

용했다.

물론 공동묘지 주변이라서 상가나 주택가가 없긴 없었다.

하루는 자신이 잘못 생각했나 하고 지영과 아선이 무언가라도 건졌길 바랐다.

“하루야! 찾았어!”

좀 멀리까지 나갔던 지영과 아선이 돌아왔다.

찾았다고 해서 빨리 그 CCTV가 있는 곳으로 가자고 했으나 지영의 찾았다는 말은 그게 아니었다.

“그날 거 다 찾아봤는데 없다는 걸 찾았어…….”

“마찬가지다.”

지영과 아선이 본 CCTV에 육체들이 없다는 건 말도 안 됐다.

두 곳밖에 지나가는 통로가 없기 때문이었다.

“그렇다면… 여기 어딘가에 있다.”

“여기?”

[주… 주인님……!]

채령이 다급하게 불렀다.

자신의 의지가 아닌 듯 어디론가 끌려가는 채령.

빠른 속도는 아니었기에 하루 일행은 빠르게 따라붙었다.

이제 해가 밝아오는 새벽이라 그 모습을 영화 보는 것

처럼 생각을 하면 완전 호러였다.

도로 한가운데를 가로지르고 있는 채령은 끌려가지 않으려고 안간힘을 쓰고 있었지만 마음대로 되지 않았다.

"채령! 어디로……!"

갑자기 채령이 눈앞에서 사라졌다.

그러나 하루는 희미한 잔상을 발견할 수 있었기에 곧바로 블링크를 썼다.

"하수구, 하수구다!"

채령이 사라진 곳 바로 아래, 하수구를 지영과 아선이 발견했다.

혹여 놓칠까 하루는 재빨리 따라갔지만 채령의 모습이 보이질 않았다.

퀴퀴하고 썩은 냄새가 진동해 왔지만 하수구에서 생활을 했던 경험이 있는 하루는 그 냄새에 금세 적응을 했다.

끼이이익―

지영과 아선도 하수구 뚜껑을 열고 내려왔다.

"크…! 냄새!!"

"웩, 웨엑!"

역시나 둘은 참지 못하고 헛구역질과 인상을 썼다.

여기에 만약 말랑이가 왔다면 고통에 못 이겨 죽었을

게 뻔했다.

가만히 있는 하루를 보며 뭘 하나 했더니 눈을 어둠에 익숙해지게 눈을 커다랗게 뜨고 있는 중이었다.

각자의 적응을 위한 행동을 하고 있을 때, 알림음이 들려왔다.

—던전 '스테리 마인드'에 입장하셨습니다. 알 수 없는 냉기에 몸이 움츠러듭니다. 민첩성 −20.

하루는 고개를 끄덕였다.

확실히 이곳에 육신이 있다는 확신이 들었다.

던전명, 썩은 마임이란 것은 아마 원혼들을 가리키는 것 일거다.

"와… 뭔 냄새가 이리 독하냐."

"코가 마비된 것 같아. 아무 냄새가 안 나."

하루는 알아서 좇아오겠지 하고 어두운 앞으로 걸어갔다.

당연히 지영과 아선은 묘지에서처럼 무서울 것이었다.

그들과 함께 간다면 빠르게 이동을 하지 못할 것이었다.

꽈—악.

하루의 다리를 꽉 잡는 무엇가.

확인을 해보니 좀비였다.

확실한 좀비의 모습!

방금 전까지는 아무것도 없었는데 어디서 튀어나온 건지 의아했다.

깜짝 놀라서 다리를 빼려 했지만 그러지 못했다.

너무 꽉 잡고 있었기 때문이다.

하루가 곧바로 단단한 아이스 스피어를 꺼내서 좀비의 손을 마구 찔러버렸다.

"놔!! 놓으라고!!"

"하루야!"

좀비는 역시나 고통을 느끼지 못하는지 놓으려 하지 않았다.

그러다 손이 하루의 창으로 인해 잘리고 나서야 엎드려 있었던 몸을 '끄으으윽' 하는 가래 끓는 소리를 하며 일으켜 세웠다.

하루의 비명 소리에 지영과 아선이 빠르게 뛰어왔지만 뭘 어떻게 해줄 수가 없었다.

하루와 똑같은 방법으로 다리를 잡혀버렸기에 혼비백산이었다.

하루는 좀비를 쳐다보며 손에 들고 있던 단단한 아이스 스피어를 던져버렸다.

"육체만 찾아주면 되는 거니까. 그치?"

눈앞에 있는 녀석을 얼른 치워버리고 싶었다.

하루가 마나를 끌어올렸다.
주변이 밝게 비춰졌다.
좀비도 잠시 주춤했지만 뭔가를 하려는 하루의 행동 때문일까.
곧 하루에게 달려들었다.
"속박! 컨트롤!"
—스킬 '컨트롤'의 효과로 인해 스킬 '시져 니들'이 생성되었습니다.
하루가 곧바로 좀비의 움직임을 멈추고 바늘들을 날렸다.
온몸에 날아가 박힌 바늘 때문인지 좀비는 행동을 멈추며 쓰러졌다.
한시름 놓는가 싶더니 쓰러지는 도중에 다시 일어났다.
'생각보다 강한 건가?!'
비록 스펙터밖에 이 스킬로 상대를 못했지만 나름 강하다고 생각하고 있었는데 그게 아니었나보다.
"버서커!"
"떨어져어어!"
"젠장, 파이어 버스터!"
아선과 지영도 고군분투하고 있었다.
그러나 쓰러지지 않는 좀비들 때문에 힘이 빠지기 시작

하는 게 보였다.

하는 수 없이 하루가 파이어 버스터를 사용했다.

엄청난 소음을 내며 터지는 불덩어리.

하루가 지영과 아선은 같은 편이라고 인지를 하고 있어서 그런지, 피해가 가지 않았다.

"도대체 이 녀석들 뭐야?"

하루의 마법에 아예 가루가 되어버린 좀비를 보고 지영이 말했다.

그렇게 공격을 해댔는데 죽지를 않았다.

빠르게 정보를 봐도 체력 표시는 되지 않았다.

"가자."

앞으로 좀비 녀석들이 수없이 나올 것이었다.

그렇지만 하루에겐 아직 많은 양의 마나가 남아 있었다.

단단한 아이스 스피어는 약한 것이다.

하루는 그렇게 생각하고 과감히 버렸다.

크엑, 크엑.

비정상적으로 몸을 꼬며 하루를 기다리고 있는 좀비들이 보였다.

좁았던 하수구 길목을 지나니 넓은 공터 같은 곳이 나온 것이다.

"아니야, 구울…이잖아."

하루의 판타지적 지식상 구울은 사람의 육신을 먹으며 성장을 한다고 한다.

좀비보다 두세 배는 강하다고 알려진 게 보통 상식이었다.

"다, 죽어. 파이어 버스터! 시져 니들!"

선 공격 후 마나 바늘로 확인 사살.

죽었다면 스펙터를 사냥할 때처럼 대량 학살을 했다는 것이 뜰 텐데 뜨지 않았다.

먼지가 가라앉고 거의 멀쩡한 모습의 구울들이 무서운 눈으로 하루 일행을 쳐다보고 있었다.

라베가 이를 아득아득 갈며 부하들을 불러 모았다.

아직도 맞은 곳이 지끈지끈 아파왔다.

어디로 갔는지 이하루의 모습은 포착되지도 않았다.

의정부나 그 주변 마을쯤에서만 도망 다니던 놈이었는데 말이다.

"죽이지만 않으면, 죽이지만 않으면 된다. 그놈, 꼭 잡아야 된다. 알겠나?"

"놓치면… 그 자리에서 죽는다. 내가 직접 죽여주도록 하지."

부하들은 라베의 얼굴에 공포에 질렸다.

사람이 어떻게 하면 저런 얼굴이 되는지 궁금하기까지 했다.

라베의 손짓에 부하 두 명이 낑낑거리며 뭔가를 들고 들어왔다.

"활이다, 활! 그놈 보이면 바로 쏜다. 망설일 필요 없어!"

이 말과 함께 계속 사격 훈련을 하라고 일렀다.

총을 이들에게 쥐어 주고 싶었지만 액수가 너무 커서 활로 하루를 잡기로 마음을 굳혔다.

"두목님, 며칠간 근처를 다 뒤졌는데 없었습니다. 아무래도 서울 쪽으로 도망을 간 것이 아닐까 하는 생각이……."

"너! 우린 조직 폭력배가 아니다. 라베 님이라 부르도록."

"알겠습니다……!"

"저놈 말대로 이곳 탐색은 중단하고 서울 쪽으로 신경을 쓴다. 나에게 허락도 받을 필요 없다. 무조건 쏴라, 쏴!"

흥분을 했는지 삿대질까지 해가며 말을 하는 라베였다.

죽이지 말라 했지만 지금 이 감정 상태로는 죽여서 시

체를 주인님에게 가져다 받치고 싶은 심정이었다.

'꼭 선물로 이하루, 가져다 드리겠습니다.'

라베의 부하들이 순서대로 나와서 활과 화살이 들어 있는 통을 가지고 자리에서 벗어났다.

그동안 제압만 하기 위해 검을 쓰거나 어쌔신 계열의 민첩성이 빠른 자들만 쓰는 것은 어리석은 생각이었었다.

"이선수 씨, 정말로 따로 연락이… 안 왔습니까?"

아선의 본가에서 서 형사의 모습이 보였다.

사건 조사를 위해 그의 아들인 이선수를 추궁하고 있는 것이었다.

"안 왔다고요. 확인은 통화 내역서를 봐도 되지 않습니까."

"혹시 아버지의 직장 동료나… 가까운 사촌에게 연락을 해서 전해 줄 수도 있다는 가능성도 배제할 수 없습니다."

이선수는 20대.

이제야 대학생이 되어 활기차고 술과 함께하는 즐거운 생활을 할 수 있는 시점에 아버지가 살인이라는 것을 저지르고 도망을 가는 바람에 얼굴을 들고 동네를 돌아다닐 수도 없었다.

짜증나게 며칠 전부터 계속 찾아와서 추궁을 해대는 경

찰이 싫고 귀찮을 뿐이었다.

한편, 사건의 피해자에서 가해자의 딸이 된 선혜도 경찰들의 추궁을 받을 뻔했지만 안정을 취해야 하는 환자였다.

선혜의 어머니와 선수만 추궁을 당했고 선혜의 수술을 담당했던 의사까지 조사를 받아야만 했다.

"제가 듣기로는… 가만두지 않겠다고 이아선 씨가 협박을 한 것으로 알고 있습니다."

"아, 잊고 있었습니다. 딸을 두고 간 살인마가 어떻게 저에게 해를 끼치러 오겠습니까?"

"누가 집에 침입을 했다던가 하는 것도 없고요… 네, 알겠습니다. 혹시라도 무슨 일이 생긴다면 연락 주시기 바랍니다."

경찰은 의사에게 명찰을 건넸다.

마지막으로 가족들에게는 만약 연락이 온다면 자수를 하라는 말을 빼먹지 않았다.

자수를 한다면 정상참작이 될 수도 있다고 덧붙이면서 말이다.

"엄마… 아빠가 그 짐승 놈들… 짐승 놈들 죽였어? 아빠가?"

"……."

선혜가 눈물을 흘렸다.

비록 세 명뿐이었지만 죽었다는 게 이렇게 마음이 편할지는 몰랐다.

그러나 아빠가 범죄자가 됐다.

자기 때문에 지금 도망자 신세라는 것을 생각하니 걱정이 되면서 얼굴이 보고 싶었다.

핸드폰에 아빠의 사진이 있었지만 전처럼 친하게 웃으며 만지고 얘기하고 싶었다.

"아빠… 자수라도… 아니… 도망칠 수만 있다면 끝까지… 하… 아빠……."

자수를 하길 기도하는 것도, 끝까지 도망치라는 것도 모두 아빠가 힘든 것뿐이었다.

그 어떤 것 하나라도 선혜는 바랄 수가 없었다.

하루는 들려오는 알림음에 흠칫 몸을 떨었다.

—알 수 없는 상태 이상으로 구울의 마법 방어력이 50% 상승되어 있습니다.

—구울의 신체가 마나를 머금어 공격력이 5% 상승합니다.

하루로서는 미쳐버리게 만드는 알림음이었다.

마방이 50%나 되는데 거기다가 공격력 상승이라니.

계속 마법 공격을 하다간 어떻게 될지 이해가 됐다.

그렇다고 주공격인 마법을 쓰지 않을 수가 없었다.

창을 버린 것이 약간은 후회가 되는 시점이었다.

"하루야."

"물러나 있어. 구울들… 강해."

"그래도 싸워야지. 너만 싸우게 내버려 둘 수 없어."

지영이 하루의 말을 듣지 않고 채찍을 꺼내들었다.

이선도 마찬가지로 한 발짝 나오며 구울들을 응시했다.

"마법이 잘 안 통하면 두들겨줘야겠지."

아선이 주먹을 풀었다.

이가 안 되면 잇몸으로, 잇몸이 안 되면 악바리로 해쳐 나가면 된다.

"네들이 내 마나를 빨아들이는 게 먼저인지. 내가 체력을 깎는 게 먼저인지 한 번 보지고."

구울들이 기다리기 지쳤는지 하나같이 팔을 뒤로 쫙 뻗은 채 달려오고 있었다.

최대한 많은 힘으로 상대를 치려는 것 같았다.

아선이 먼저 한 마리에게 주먹을 휘둘렀다.

아선은 별로 상관이 없다는 듯 그냥 지나치고 나머지는 하루를 향했다.

지영도 마찬가지였다.

채찍을 휘두르니 그 휘두른 대상 하나에게만 어그로가 끌렸다.

"컨트롤!"

하루는 구울들이 날리는 공격들을 마나 줄기를 뽑아내서 이리저리 쳐댔다.

하루의 생각대로 움직였지만 생각이 미치지 않는 다른 곳에서 공격이 날아오는 것은 전부 맞아버렸다.

구울 중 한 마리가 하루의 다리를 붙잡았다.

"파이어―버스터! 버스터! 버스터!"

촉각이 느껴지자마자 하루는 바로 터트려버렸다.

마나가 쑥쑥 나갔지만 지금 그런 것을 신경 쓸 여력이 없었다.

다행히도 몇 마리씩이 하루의 마법에 죽어갔다.

이렇게 힘겹게 죽이는데 지영과 아선은 오죽할까.

단 한 마리를 상대로 고전하고 있었다.

'미친! 좀 죽으란 말이다!'

아선이 기합 소리를 치며 구울의 복부를 마구 때렸다.

회피 기술 같은 게 없어서 구울이 공격하는 것을 스치거나 정면으로 맞거나 할 뿐인데도 많은 체력이 소모되었다.

그래도 나름 축적된 데미지가 있어서인가 아선이 맡은

구울의 움직임이 눈에 띄게 느려지고 힘도 많이 빠졌다.
"꺄아아아아!!"
지영 쪽은 매우 공격적인 장면이 연출되고 있었다.
지영이 다가오지 못하도록 채찍을 휘둘러댔지만 감당할 수 없었다.
구울의 이빨이 지영은 깨물었고 지영이 빈사 상태에 빠져서 쓰러졌다.
하루가 발견을 하고 구하려고도 했지만 구울이 쓰러진 지영을 내버려 두고 하루를 쳐다봤다.
"이… 이 새끼들……!!"
하루는 상당히 분노하고 있었다.
지영이 죽었다는 생각보다는 또 한 명을 잃었다는 생각이 컸다.
하루의 몸 주변에 아지랑이가 일렁이듯 마나가 피어올랐고 하루는 인벤토리에서 쥘 수 있을 만큼의 마나석을 쥐었다.
콰아아앙!!
열 개가 넘는 토네이도-버스터가 모든 구울들을 쓸고 있었다.
하수구의 천장 같은 것은 원래 없었다는 듯 사라져 있었고 새벽의 차가운 공기가 콧속으로 들어왔다.
하루가 당황만 하지 않고 천천히 구울을 상대했더라면

구울의 약점쯤은 머리라는 것을 손쉽게 알 수 있었을 것이다.

'내가 멍청했어.'

구울들이 전부 몰살을 당했음에도 하루는 토네이도-버스터를 없애려고 하지 않았다.

아니, 저절로 하루의 분노를 표출하듯 더 생성이 되었다.

이미 도로는 처참히 구멍이 뻥 뚫린 것 같은 상황이었다.

아선은 엄청난 바람에 그냥 바닥에 엎어져만 있었다.

"지영, 지영……."

하루가 한숨을 쉬며 어깨에 이빨 자국이 나 있는 지영에게 걸어갔다.

주변을 돌고 있던 폭풍들이 사라져서인지 더욱 조용하게 느껴졌다.

"……."

아선이 조용히 하루에게 다가와 어깨를 잡아줬다.

지영은 언제나 웃으며 자신을 돌봐주고 얼마 안 되는 시간이지만 자신을 좋아한다 했다.

세계의 게임화가 진행되고 난 후, 처음으로 믿은 존재이기도 하다.

"왜, 도대체 왜! 죽이지 않으면 죽는 걸까요. 죽이지 않으면…….”

꿈틀.

지영에게서 움직임이 느껴졌다.

살아 있다면, 숨만 붙어 있다면 엄마에게 한 것처럼 마법을 걸 수가 있었다.

“살아 있어!”

“지영… 지영아!”

하루와 아선이 지영의 몸을 흔들었다.

지영의 목소리를 너무나 듣고 싶었다.

계속 흔들다 보니 지영이 신음 소리를 내었다.

확실히 살아 있다는 증거였다.

“으음… 으… 나… 살아 있…….”

힘겹게 두 눈을 떴다.

겨우 간당간당한 체력을 유지하면서 살아 있는 것이었다.

공격당한 곳에서 고통이 밀려왔지만 애써 아프지 않은 척을 했다.

“그래, 그래… 병원 가자. 어서 빨리 병원 가서 치료 받고…….”

—보스 ‘프로스트 텐’이 등장합니다. 주변에 차가운 장막이 형성됩니다. 초당 30의 체력이 하락됩니다.

“주, 주이…ㄴ……!”

땅에서 기어 나오는 프로스트 텐은 어디서 어느새 나와 있었는지 모르는 채령을 호로록 빨아먹는 듯한 제스처를 취하며 나타났다.

정말 좋지 않은 상황이었다.

특히 차가운 장막이라는 것이 신경이 쓰였다.

채령?

상관없었다.

지금은 지영의 체력을 갉아먹는 것을 없애는 게 우선이었다.

"하루야, 데리고 도망가는 거… 너는 가능하지? 내가……."

"필요 없어요. 컨트롤. 인첸트."

아선의 말에 재빨리 하루가 컨트롤로 창 모양을 만듦과 동시에 파이어 인첸트 후 프로스트 텐의 머리로 던졌다.

꽤나 크고 날카롭게 만들어져서 프로스트 텐의 머리에 잘 박혔다.

팔도 한 번 휘둘러보지 못하고 뒤로 넘어가는 모습을 보고 시선은 바로 지영에게로 다시 향했다.

"지영아, 병원 가자. 병원."

보스를 처치했다.

차가운 장막이 소멸된다.

퀘스트를 완료했다 등의 소리가 하루에겐 들리지 않았다.

하루가 지영을 두 손으로 끌어올렸다.

"나 회복되고 있어. 병원 가면 그놈들이랑 마주칠 수도……."

"필요 없어. 상관없어."

'죽이지 않으면 죽으면 되니까… 엄마한테 미안해도…….'

아선도 하루의 뒤를 따라왔다.

번쩍이는 아이템들이 있었지만 주울 정신은 없었다.

"이 정도의 상처면… 사냥을 하시다 그런 겁니까? 고통이 상당할 텐데……."

"빨리, 빨리 수술해!"

"저… 저희는 수술비를 먼저 받아서……."

지영을 데리고 가까운 병원으로 겨우겨우 왔지만 이 말의 반복이었다.

고통이 상당하지만 수술비를 먼저 지급해야 한다.

헌터들은 언제 죽을지 모르니 미리 받아 놔야 한다는 것이었다.

"당신네들 말대로 고통이 심하잖아! 의사가, 먼저 사람을 구하란 말이야!"

돈이 없었기에 꼭 나중에 준다고 말로 수없이 했는데

듣질 않는다.
이곳에 제대로 된 의사는 없었다.
그저 힐이라는 스킬만 지니고 어디서나 환대나 받아서 그런지 전부 싸가지가 없었다.
어떤 선생이든 마찬가지였다.
돈 먼저 내라, 그럼 금방 낫게 해주겠다…….
400?
400이 어디 개 이름인가, 저번에 잡템을 팔고 번 돈이 있었지만 턱도 없이 부족했다.
하루는 답답하고 화가 나서 미칠 지경이었다.
침대에 누워 있는 지영은 아직도 고통에 몸부림을 칠 텐데, 아직까지 의사는 지영에게 다가가지도 않고 있었다.
'힘을… 써서 무력으로? 안 돼. 여긴 병원이야.'
"하……."
"마나석. 하루야, 마나석!"
아선도 그 자리에 같이 있지는 않았지만 보고 들은 게 있었는지 마나석 얘기를 꺼냈다.
얼마나 할지 모르고 팔릴지도 몰랐지만 하루가 지니고 있는 것 중 그나마 가장 값이 나가는 물건이었다.
그러나 주변에는 잡화점이 없었다.
하루가 아선의 말에 당장 지나가던 의사를 붙잡았다.

그리곤 마나석을 보여주었다.

의사의 눈이 커지며 슬쩍 주머니에 2등급 마나석을 넣었다.

의사도 사람이고 책이라는 것을 읽어봤다면 마나석이라는 것의 가치는 알고 있을 것이다.

"1급 병실로 옮기시고. 보호자분, 사인해 주세요."

"지영아, 이제 고통 좀 없어질 거야."

"고, 고마워……."

지영은 원래 체력이 거의 다 소진되었었다.

구울의 독기로 인해서 체력이 빠지고 있었는데 병원에 도착하고 나서 회복력 10%라는 것에 간신히 버티고 있던 것이지만 고통은 그대로였다.

'내가 짐만 되는구나… 너한텐.'

1급 병실로 옮겨진 지영은 의사의 힐에 바로 치료가 되었다.

그러나 그렇게 뛰어난 것이 아니어서 고통이 좀 완화되고 체력이 서서히 올라갈 뿐이었다.

"후우… 다행이다."

지영이 편한 모습으로 잠든 모습을 보고 가슴을 쓸어내렸다.

아선도 옆에 같이 남아서 모든 기운이 다 빠진 듯 축 늘어졌다.

피로가 한꺼번에 몰려왔다.

하루의 눈꺼풀도 무거워서 감기기 시작했다.

'약해… 약한 나랑 같이 다니면 이런 일만…….'

모두와 헤어질 마음으로 마지막으로 곁에서 잠에 빠지는 하루였다.

NO.3

하루는 병원을 빠져나왔다.

지영이 자는 동안, 옆에 단 하나의 편지만을 써두었다.

삐뚤빼뚤한 글씨체지만 읽기에는 큰 무리가 없을 것이다.

2등급 마나석을 건넨 의사에게 잘 부탁한다는 얘길 하고서 나왔으니 병원비나 치료 같은 것을 걱정할 필요도 없었다.

지금은, 아선과도 헤어지려 하고 있었다.

하루가 먼저 말을 꺼낸 것이 아니라 아선이 먼저 말을

꺼냈다.
"난 이제 혼자 살아남으려고 한다. 강한 너의 곁에만 있다면 안전하긴 하겠지만 내가 강해질 수가 없어. 너도… 그걸 원하고 있는 걸 안다."
"저랑 다니면 위험한 일투성이일 뿐입니다. 아저씨도 몸조심하세요."
"그래. 먼저… 간다."
아선은 먼저 뒤돌아섰다.
갑자기 만났었고 같이한 것도 별로 없었다.
갑자기 헤어진다 해도 빈자리가 그리 크게 느껴지지는 않을 것이다.
다만 다시 혼자가 된 하루의 옆이 허전할 뿐이었다.
아선은 지금쯤 다시 동두천 쪽으로 넘어갈 생각을 하고 있었다.
지금까지 충분히 찾았다면 여러 방면으로다가 자신이 동두천에 없다는 것을 알고 다른 지역으로 수사 방향을 틀었을 것이다.
그렇다면 지금이 아선에게는 복수를 할 수 있는 좋은 기회였다.
"말랑이 소환."
[주인.]
돌아선 아선에게서 시선을 거두고 말랑이를 소환했다.

곁에 누구라도 있어야지, 허전함이 좀 가실 것 같았다.

두 발로 서지만 않는다면 말랑이를 이상하게 보는 사람은 없을 것이다.

라베의 부하들이 본다면 또 모르지만 말이다.

이젠 그런 것은 신경 쓰지 않고 행동을 할 것이다고 생각했다.

"본격적으로 칸드라를 찾기 전에… 장비 먼저 만드는 게 좋을 수도."

[주인, 어디로 가는 거야?]

"제일… 평판이 좋지 않은 대장간으로 가야겠지?"

하루는 병원에 있던 컴퓨터를 사용해서 찾아낸 정보들을 생각했다.

가장 평판이 낮고 욕만 해대는 그런 대장간이 하루에겐 절실했다.

'대기업에서 만든 대장간에서 마나석을 본다면 가만히 있을 리가 없지. 나에겐 가장 실력이 좋고 원조를 찾아야 한다. 십 년 이상 대장장이로 살아온 사람이 그나마 제일 믿을 만하다.'

대기업은 믿을 곳이 못 됐다.

뭐든지 돈으로 해결하고 이익이 되는 일이라면 제일 먼저 움직인다.

사채업자, 조폭과 다른 점이라고는 거의 찾아볼 수가

없었다.

이미 많은 개발이 이루어지긴 했지만 개발되지 않은 곳도 있었다.

일산에 있는 대장간, 그곳이 지금 하루가 가려는 곳이었다.

일산과는 얼마 떨어지지 않아 있었다.

대충 넉넉히 잡으면 두 시간.

"저……."

"네? 저를 부르신……!"

하루는 놀란 가슴을 쓸어내렸다.

말랑이와 함께 전철역을 향해 가고 있었지만 여러 생각으로 정신이 없었는데 앞에 웬 유령이 나타났다.

"채령?!"

"주인님……."

꽤나 심각해 보여서 프로스트 좀비에게 살아남고서도 그냥 하루의 곁에서 아무 말도 하지 않고 기다려 왔던 것이다.

자신을 알아보고 말을 걸어줄 때까지 가만히 있으려 했지만 이곳 말고 다른 곳으로 간다는 말에 얼른 하루를 불러 세운 것이다.

"저희들의 육체들을 옮겨 주셔야……."

"내가 가도 될까. 이미 다른 사람들이 옮겼을 텐데. 육체가 남아 있다면."

병원 TV에서 관련 뉴스가 나온 것으로 기억을 한다.

하루가 망가트려 놓은 도로 상황과 그곳에 띄엄띄엄 모자이크 처리가 된 모습 그리고 손수건을 찾기 위해 헤집어 놓았던 무덤들의 장면을 봤다.

이들이 사람들이라면 육체를 원래 자리로 옮겨두고 무덤도 수습을 잘해 주었을 것이다.

결과적으로는 하루가 육체를 전부 찾아준 셈이 되는 것이다.

"꼭 가셔야 돼요. 아마 다들 기다리고 있을 거예요."

"아니, 안 갈래. 보상이 뭔지 모르고 그놈…의 단서가 있지는 않을 것 같다."

저번에 원혼들… 아니, 지영이 원혼들을 대표해서 말한 것 중에는 칸드라에 관한 정보는 하나도 없었다.

굳이 찾아가서 이러쿵저러쿵 시간만 허비하는 것보다는 하루바삐 대장장이를 만나서 장비 제작을 하는 것이 나았다.

"그, 그래도……."

"아니야, 필요 없어. 인사나 보상 같은 건 필요 없어."

하루는 이리 말하며 전철을 찾았다.

때마침 일산 쪽을 지나가는 전철이 소리를 내며 오고 있었다.

주변에 사람이 은근 있었기에 블링크로 이동하지는 못했고 말랑이와 같이 뛰었다.

아쉬운 듯 채령도 하루의 뒤를 따라 올라갔다.

한정 공격대 대원들은 NO.3를 잡는 것에 찬성하는 사람들이 점차 늘어나고 있었다.

이래나 저래나 한국에서 사냥을 할 수 있을 만큼의 능력을 가진 사람들은 자신들밖에 없었다.

조건도 약간 부족한 감이 있긴 했지만 그래도 만족스러운 조건이었다.

또, 한정 공격대가 처리를 하지 못한다면 다른 일반 사람들이 다치고 엄청난 피해를 입을 수도 있다는 것이 마음에 걸렸다.

"빨리 정하는 게 좋겠습니다. 다수결로 결정되는 사항이지만 억지로 목숨을 걸고 사냥에 참여하지 않아도 됩니다. 그만큼 전력이 감소하긴 하지만 목숨이 달린 문제니까요."

유한정은 차분히 대원들 앞에서 말했다.

다들 신중하게 생각하는 분위기였고 조준호와 같이 원거리에서 공격을 할 수 있는 원딜러들은 거의 찬성을 하는 쪽이었다.

직접적으로 공격을 받지 않기 때문에 선택한 사항이었고 여차하면 도망을 가기가 제일 수월한 파트였다.

나머지는 근접 딜러들의 선택만이 필요할 뿐이었다.

대다수가 쉽사리 결정을 하지 못했다.

"가족들은… 확실히 책임을 져주는 건가요, 대장."

"물론! 우리가 사냥에 성공했을 땐 탄탄대로일 것이다. 아니면 전부 전멸…을 하겠지."

사냥의 성공과 실패는 곧 가족의 생계와 연결이 되어 있었다.

싸우다 전사를 하여도 사냥에 성공만 한다면 가족들은 무사하다.

그게 희망이었고 필사적인 이유로 작용될 것이었다.

"생각은 내일까지. 더 이상은 안 된다. 투표는 생략한다. 위험 요소인 NO.3를 사냥할 자들은 내일 다시 이 자리로 모인다."

이 말만 하고 유한정은 자리에서 일어났다.

이 정도면 많은 시간을 주는 것이었다.

더 이상은 지금의 상황에 위험했다.

'행동반경이 조금씩 커지고 있다는 게 정부의 정보니까…….'

즉, 점점 사람이 많은 곳으로 이동을 하고 있다는 말이었다.
지체를 하면 안 됐다.
“걱정됩니까.”
“조준호… 아무래도 걱정되지 않겠냐. 간단히 잡으면 그것만큼 좋은 게 없지. 잘만 이용을 한다면 명예도 얻을 수 있고 계속 이런 일들을 해결해 가면서 사람들을 지킬 수도 있으니까.”
밖으로 나와 파란 하늘을 보고 있는 유한정을 보며 조준호가 다가왔다.
활을 쓰는 궁수들 사이에서 제일 강하고 한정 원정대에서는 나름 부대장급이었다.
조준호도 유한정의 밀대로 걱정이 되는 건 마찬가지였다.
“많은 피해가 있을 수도 있습니다.”
“감수해야지. 대통령의 부탁이고 사람들을 지킬 사람이 우리밖에 없으니까. 그리고… 그때 그녀석도 우리 소식을 들으면 기면서 오겠지. 그… 여성과 함…께.”
딱 한 번, 지영을 만날 때를 생각했다.
좋지 않은 만남이었지만 아직도 생각이 나는 것은 어쩔 수 없었다.
유한정의 핸드폰이 울렸다.
대통령의 비서실장 전화였는데 꽤나 다급한 목소리

였다.

—유한정 대장님, 아무래도 지금 바로 현장으로 가셔야 할 것 같습니다!!

"무슨 일입니까?"

—NO.3가 빠른 속도로 내려오고 있다고 합니다. 방송을 내보내라고 연락은 했지만 아직 남아 있는 시민들이 많습니다. 당장 헬기 보내겠습니다. 이동…해 주실 수 있습니까?!

너무 갑작스러웠다.

일단 유한정은 알겠다고 대답을 하고 대원들과 얘기를 하던 곳으로 뛰어갔다.

장비나 무기, 챙길 것들은 모두 인벤토리 안에 준비가 되어 있었기 때문에 따로 할 것은 없었다.

결정이 끝난 대원들이라도 당장 데리고 이동을 해야 했다.

"지금, 즉시 이동한다! 시민들을 공격하려 한다. 헬기가 오는 즉시, 현장으로 난 이동한다!"

유한정의 말에 아직 결정을 하지 못한 대원들은 발만 동동 굴렀다.

그러나 시간은 1일에서 1시간도 채 안 되게 줄어들었다.

한가로이 생각 따위를 할 시간이 부족했다.

대통령 비서실장과의 통화가 있은 후, 얼마 되지 않아 헬기가 '뚜두두두두' 커다란 소리를 내며 모여 있는 한정 공격대의 앞에 착륙했다.

"우린 사람들을 구하러 가는 거다. 탑승하면 그걸로 끝이다. 되돌릴 수 없다. 나는… 모두와 함께하고 싶다. 먼저 탑승하겠다."

일산에 도착한 하루는 그 유명하다는 호수 공원에 들르려 했지만 출입 금지 처리가 되어 있었다.

앞을 지키고 있는 군인에게 연유를 물으니 안쪽엔 몬스터가 서식을 하고 있다는 것이었다.

어떤 종류냐고 물어도 봤지만 그냥 자기는 지키는 임무만 받았을 뿐, 안쪽의 상황 같은 것은 모른다고 할 뿐이었다.

"이쪽 어디라 했는데……."

[주인. 저기서 사람 냄새난다.]

하루는 일산 구석 즈음에 있는 도시의 빛이 별로 들지 않는 곳으로 이동을 했다.

대장간을 찾고 있었는데 어디에 있는지 잘 보이지가 않았다.

역시 아직 개발이 안 된 곳이라 사람들도 별로 없었기에 하루는 인터넷에서 본 대로 이곳이 맞으리라, 자신이 원하는 것을 만들어 줄 수 있으리라 생각을 했다.

"아, 저 개 같은 영감탱이. 실력이 좋으면 뭐해?! 입이나 풀질이나 하고 살 수도 없는 영감탱이가."

"됐어. 그냥 무시해. 이런 구석 오는 게 아니었어."

10m 정도 떨어져 있는 건물 모퉁이에서 돌아 나온 남자와 여자의 말을 듣고 어느 정도 예상이 갔다.

실력 예기, 오래된 장인의 연세를 지칭하는 단어인 영감탱이는 분명 대장장이를 말하는 것일 거다.

저 둘이 나온 곳으로 들어가 좀 걷다 보면 대장간이 쉽게 나타날 것이었다.

하루가 발걸음을 재촉했다.

겉으로 보는 대장간의 모습은 평범했다.

아니, 평범하지만 문은 정말 강철로 단단히 만든 듯한 느낌이었고 왠지 모르게 지금 목덜미에 땀이 주륵 흐르고 있다는 것뿐이었다.

'어쩐지, 아까 그 사람들 웬 땀을 그리 흘리나 했네…….'

하루도 땀을 닦으며 크게 인사를 하며 대장간으로 들어갔다.

역시나 깡! 깡! 하며 철 두드리는 소리가 들려왔고 붉으락푸르락 근육이 있진 않았지만 어느 정도 근육이 붙어 있는 머리가 군데군데 하얀 남성이 보였다.

'이분이… 대장장이 장대은.'

"실례합니다. 장비 좀 의뢰하기 위해 왔습니다."

"헥…헥……."

말랑이는 더워서 스스로 소환을 해제했다.

장대은은 하루의 부름에도 아무 대답도 하지 않고 있었다.

'장대은 씨, 장인 님, 저기요, 여보세요…?' 갖가지 방법으로 불러봤지만 그저 철을 하루만 본 것만 해도 수십 번 두들기고만 있었다.

그동안 사용만 해왔던 화염!

그 뜨거움이 점점 더 느껴지고 있었다.

장대은의 풀무질에 대장간 온도가 좀 더 올라가고 있는 것이었다.

역시나 그렇듯, 이 업계에서 살다시피 한 장대은에게는 별 볼 일 없는 화염이었다.

"후… 후……."

더워 죽을 것만 같았다.

사막과도 같았으며 입술이 쩍쩍 말랐다.

지금과 같은 상황에는 장대은의 하고 있는 일이 전부 끝날 때까지 기다리는 수밖에 없었다.

대기 중의 공기로만으로도 화상을 입을 것 같았지만 하

루는 그런 속성을 다루는 마법사다.

질 수 없다면서 하루가 매직미러로 사방을 막았다.

최대한 자신에게 오는 화염을 막은 것이었다.

장대은이 매직미러를 발견하고 요상한 기술 어쩌고 하며 말을 할 수도 있었지만 이미 마나석도 맡겨야 하는 상황이여서 괜찮았다.

차라리 이편이 나았다.

—숨이 턱턱 막혀 옵니다. 지속되는 열기 속의 호흡으로 인해 10초당 5의 체력이 감소합니다.

—열기 속 단련으로 인해 화염 속성 마법의 데미지가 미미하게 상승합니다.

"후……."

이 짓도 별로 할 게 못 됐다.

이제 장대은이 두들기던 철의 모양새가 갖추어지기 시작했다.

그러나 하루는 지칠 대로 지친 상태였다.

아무리 오래 있어도 익숙해진다던가 하는 것은 없었다.

데미지 상승도 되었다 하지만 미미한 수준이고 이럴 시간에 사냥이라도 하는 게 나았다.

"왜 그렇게까지 기다리고 있는 거지."

"후… 에…? 네! 그 장비를 만들기 위해서입니다."

장대은이 뭣 때문인지 가지고 제련을 하던 모양새가 좀 갖춰진 철을 불 속에 있는 그릇에 던졌다.

손을 탈탈 털고 끼고 있던 장갑을 빼놓고 수증기로 변해 날아간 물들 빼고 컵에 얼마 남지 않은 물을 들이켰다.

"허접한 장비는 만들지 않는다. 그리고 가격이 꽤 나가……."

"2등급 마나석."

하루는 장대은이 자신을 쳐다볼 것을 알고 미리 마나석을 꺼내 놨다.

그리고 장대은의 눈앞에서 보여주었다.

호기심 어린 눈으로 쳐다보며 2등급 마나석을 건네 받은 장대은은 '오오' 하며 탄성을 질렀다.

'이건 처음 보는 광물!'

―새로운 광물을 발견하였습니다. 2등급 마나석, 뛰어난 마나 흡수율과 탁월한 방어력을 자랑하는 광물입니다. 제련과 장비와의 합성을 통해 추가 옵션이 부가될 수도 있습니다.

장대은도 그동안 쓸모없는 일만 하던 것은 아니었다.

스킬이 생기고 나서 대장장이로서의 두 번째 꿈을 꾸고 있었다.

아들들에게 들은 바로는 숙련도라는 것도 눈에 보이지

는 않지만 존재한다고 했다.

원래부터 장인이였기에 뛰어난 무기들을 만들어 냈지만 숙련도라는 것이 낮아서인지 그리 좋지만은 않은 장비들이 만들어졌다.

두 번째 꿈은 뛰어난 성능과 옵션을 지닌 장비들을 만들어 내는 것이었다.

그래서 숙련도를 높이기 위해 무기들을 양산했지만 결과는 좋지 않았다.

어떻게 해야 할까 고민을 하던 중 새로운 무기들을 만들고 갑옷 같은 것도 제작을 하니 숙련도가 높아지는 것 같았고 실제로 스킬이 상급까지 상승을 했다.

좀 더 새롭고 색다른 뛰어난 무기를 만드는 것만이 꿈에 가까워지는 것이었다.

"이것 하나밖에 없나?"

하나만으로도 충분히 높은 옵션을 지닌 장비를 만들 수 있었지만 더 있기만 한다면 감지덕지, 돈도 받지 않을 예정이었다.

"마나석이요? 많죠."

우두두두두두

하루가 바닥에 나머지 마나석들을 쏟아버렸다.

이 정도의 충격엔 절대 깨지지 않기에 막 다뤄도 별로 상관은 없었다.

"사랑하네. 그래, 이름이 뭐라고……?"

다른 사람들에게 막대하고 불길에 버티지 못하면 쫓아냈던 장대은이 두 눈을 반짝이며 하루를 쳐다보고 이제 칠순 잔치를 하며 음식을 넘겨야 하는 손을 하루에게 뻗으며 악수를 청했다.

병실에 앉아 있는 지영의 모습은 무표정이었다.

그래도 왔다 갔다 지영의 외모를 본 남자들은 기분 좋은 표정을 지으며 돌아갔다.

홀로 병실은 쓰는 것이었지만 답답하기도 하고 적막이 싫기도 해서 열어둔 것이, 지금 느껴지는 시선들을 불러 모았다.

"캬… 장난 아니네."

"근데 왜 저리 죽을상이야. 그래도 예쁘다… 하."

열린 문으로 지영을 무슨 연예인 보듯 하고 있었다.

보다 못한 간호사가 지영의 병실 문을 쾅 닫아버렸다.

남자들이 간호사 욕을 했지만 그건 간호사의 몫.

넋이 나가 있는 지영에게는 잘 들리지도 않았다.

앞으로 몸조심하고.

따라올 수 있어도 따라오지 마.

이번엔 좀 위험한 곳들로 갈 거야.

엄마를 살릴 수 있는 곳.

라베 놈들이 아마 너는 건드리지 않을 거야.

애초에 목표는 나와 아선 아저씨잖아.

위험하게 어디 다니지 말고.

밥 잘 챙겨먹고.

나중에… 정말 나중에 만날 땐 많이 강해져 있을 테니까.

잘 있어.

하루가 남긴 편지에는 이러한 말들이 써 있었다.

처음에는 많이 울었지만 체력이 많이 회복되고 어느 정도 피로도 풀리자 따라가겠다 생각이 들었다.

그러나 계속된 생각으로 자신은 짐만 될 뿐이라는 것을 깨달았다.

스킬로 인해 하루가 어디에 있다는 것만, 살아 있다는 것만 알아도 충분하다 생각을 했다.

병원에서 나갈 때가 됐다.

너무 오래 쉬었나 보다.

몸도 좀 움직이고 어떻게 살아갈지, 나중에 하루에게 어떻게 도움을 줄지도 걸으며 생각을 해보는 게 좋을 것 같았다.

드르륵—

옷을 갈아입으려는 순간, 병실의 문이 열렸다.

직접 옷을 벗는 게 아니라 간단히 착용이라고 말만 하면 되었기에 상관은 없었지만 오랫동안의 사람 심리가 있었다.

"옷 갈아입을 겁니다. 나가 주……."

"지영이라고 했나? 크큭."

라베가 부하들을 데리고 병실로 들어왔다.

무척이나 반가운 표정의 라베는 병원과 방 안을 샅샅이 뒤지라고 명을 하고는 병실 침대 밑에 숨겨져 있는 의자를 끌어서 앉았다.

"이하루, 어디 갔나?"

"여긴 도대체 어떻게… 찾아온 거지? 나간 적도 없었는데……."

"그런 거야, 알 필요 없고. 이하루, 그놈 어디 있나."

"이미 나랑 안 다녀. 날 버리고 간 거지. 쓸모없으니까."

지영의 말에 라베가 풋— 하고 웃었다.

위태로운 지영의 목숨을 살리기 위해서 그 마나석이라는 신기한 물건까지 내놓으며 살렸다는데 그런 지영을 버리고 간다?

그저 거짓말이라고밖에 생각지 못했다.

"버리고 가? 웃기는 소리를 하군. 내가 그리 우스워 보이나?"

라베가 지영의 머리카락을 잡아 뒤로 젖혔다.

아팠지만 지영은 신음 소리도 내지 않았다.

오히려 웃으며 주머니 속에 소중히 보관하던 하루가 남긴 편지를 라베에게 펼쳐서 보여줬다.

"이… 이……."

간신히 찾았나 했는데 편지 내용을 보고는 얼굴이 일그러졌다.

지영의 머리카락을 잡고 있는 손에 힘이 더욱 들어갔다.

"그렇다 해도 너는 쓸모가 있겠지? 크큭… 친한 사이였으니 말이야, 내 정보로는."

뭔가 좋은 것이 생각났는지 라베의 일그러진 얼굴이 조금씩 펼쳐졌다.

이번엔 반대로 지영의 얼굴이 일그러졌다.

하루를 내버려두고 혼자 자결을 할 수도 없고, 그렇다고 또다시 짐이 될 수는 없었다.

지영이 입술을 꽉 깨물었다.

어떻게, 뭘 해야 하면 좋을지 몰랐다.

라베에게 잡힌 이상, 도망도 치지 못했고 말이다.

"이 여자를 데려간다. 빨리 움직이도록!"

화성시에서 가깝지만 좀 멀리 떨어져 있는 곳의 하늘에 4개의 헬기가 등장했다.

헬기 안에는 긴장한 표정의 한정 공격대 전원이 탑승하고 있었다.

유한정도 아래를 내려다보는데 여러 생각이 드는 건 마찬가지였다.

군대에서도 느끼던 기분보다 더한 기분이 들었다.

아마도 조상님들이 6.25전쟁에서 느낀 것과 같으리라.

유한정이 심호흡을 하고 대원들을 바라봤다.

ㅡ다들 보이나? NO.3의 머리 위에 도착했다. 작전대로 원딜들은 상공에서 공격을 하다가 사방으로 퍼져 공격을 한다. 그리고 근딜러들은 혼란과 원딜들의 공격으로 정신이 팔렸을 때 치고 빠진다. 모두 기억하도록!

"네! 알겠습니다!"

모든 대원들이 쓰고 있는 헤드셋으로 들리는 유한정의 목소리에 반응을 했다.

NO.3는 잘 일궈 놓은 밭을 헤치고 나무들을 으드득 꺾어 가며 어디론가 이동을 하고 있었다.

저대로 계속 간다면 상가들도 있고 사람들이 많이 있는 곳이 나온다.

그 어느 때보다도 긴박한 상황이었다.

"살자."

"살아남자!"

"포기."

"하지 말자! 여기까지 잘 왔다!"

유한정의 말에 항상 해왔던 구호를 외쳤다.

사냥을 하다가 사람이 죽은 경우도 있었다.

그렇지만 그럴 때마다 절대 포기를 하지 말자는 뜻이었다.

위험이 항상 도사리고 있는 게임화가 된 세상, 속에서 살아남는 다는 것은 큰 의미였다.

"투입!"

헬기 문을 여니 바람이 휘몰아쳤다.

유한정의 말에 상공에서 원딜들(궁수들)이 먼저 떨어지며 바로 낙하산을 펼쳤다.

활시위를 NO.3에게 겨누고 근딜들을 기다렸다…….

모든 원딜들이 하늘에 뿌려지고 근딜들이 떨어지기 시작했다.

그런데 특이하게 그들이 펼친 낙하산에는 구멍들이 숭숭 나 있었다.

빠른 침투를 위해 최소한의 속도만을 줄이고 내려가기 위해 제작된 것이었다.
아직 눈치를 채지 못한 것 같은 NO.3의 뒷덜미를 유한정이 먼저 치면서 원딜들의 공격이 시작되었다.
공중에서 활을 쏘려다 보니 아무래도 조준이 어려웠다.
그러나 NO.3의 크기는 그런 단점들을 보완해 줄 수 있을 만큼 컸기에 별로 상관이 없었다.
쿠어우어어!
NO.3는 자신이 화가 났다는 것처럼 가슴을 두들기며 괴성을 질러댔다.
계속해서 날아오는 화살들이 신경 쓰이는 듯 짧은 팔을 흔들어댔지만, 가까이에는 꽤나 따끔거리는 공격을 하는 근딜들도 있었다.
그들의 중심에는 유한정이 있었다.
"만유인력!"
유한정이 대검을 머리 높게 들고 NO.3에게 달려들어 스킬명을 외쳤다.
모든 만물은 서로 끌어당기는 힘이 있다.
대검이 빠르게 내려쳐졌다.
유한정의 힘과 대검을 끌어당기는 땅!
제법 큰 데미지가 NO.3에게 들어갔다.

깜짝 놀랐는지 NO.3가 유한정을 발로 차버렸다.

겨우 한 대 맞았을 뿐인데 통증이 심했다.

체력도 쭉쭉 내려가고 있었다.

"일점사. 트리플 퀵!"

조준호도 고유 스킬들을 쓰며 NO.3의 곁에서 위험천만하게 공격을 하고 탱커 역할을 하는 대원들을 보좌했다.

퍽!

끄어어어어어!!

NO.3의 눈에 다른 궁수가 쏜 화살이 박혔다.

그러자 눈을 부여잡으며 더욱 날뛰었다.

이미 몇 명의 근딜러들이 깔려 죽어 있었다.

여기서 한가히 눈물이나 흘리고 있다면 바로 저세상으로 가는 것이었다.

ㅡ코랄즈가 분노하였습니다. 코랄즈의 방어력이 40% 감소하고 공격력이 20% 증가합니다.

원래 NO.3의 이름이 코랄즈였는지 알림음이 들려오며 NO.3의 몸 주변에 약간의 붉은 아지랑이가 보였다.

그와 함께 상공에서 공격을 하던 궁수들이 이젠 땅으로 착지를 했다.

바람 때문에 NO.3의 앞으로 이동이 된 궁수가 먹혀버렸다.

와그작—

궁수의 몸을 으깨는 모습이 저절로 눈살이 찡그려졌다.

마치 예전에 유한정이 봤던 진격의 뭐라고 하는 만화에서 봤던 장면이었다.

"모두 정신 차려!! 방어력이 감소했다. 빠르게 공격한다!"

사방으로 흩어져 주변에 있는 나무니 지형지물에 몸을 숨긴 궁수들이 안정적으로 NO.3에게 집중 공격을 했다.

확연히 달라진 공격 속도와 정확성은 NO.3를 더욱 괴롭게 만들었다.

"크억! 대, 대장……."

근딜러가 복부에 뭔가가 끼여 있는 채 죽어 가고 있었다.

멀리 떨어져 있던 궁수 몇 명도 마찬가지였다.

NO.3의 손톱이 날아가 박힌 것이었다.

어떠한 준비 동작도 없었기에 당한 것이었다.

휘청거리는 NO.3를 보고 있자니 거의 다 잡은 것 같았다.

유한정과 조준호가 행동으로 사기가 좀 떨어질 것 같은 대원들을 이끌었다.

특유의 힘과 공격 방식으로 NO.3를 치려하는 유한정이 퍼―억! 소리와 함께 날아가 나무에 박혔다.
분명 없었던 꼬리가 어느새 달려 있던 것이었다.
어떻게 이런 게 가능한지 생각을 해야겠지만 그럴 시간은 없었다.
"힐. 힐. 힐!"
두세 명 정도 되어 보이는 사람이 급히 유한정에게 힐을 시전했다.
의사 가운을 입고 있었는데 대통령이 지원을 해준다던 바로 그 의사들이였다.
한정 공격대가 급하게 출발을 하는 바람에 미쳐 같이는 도착을 못 하고 나중에 연락을 받고 출발을 한 것이었다.
"하… 하으……."
'하마터면 정신을 잃을 뻔했다. 그녀 얼굴을 한 번 더 보지도 못하고 죽을 순 없다!!'
이 와중에 지영을 생각하며 대검을 지팡이 삼아 일어섰다.
잠깐의 시간이었지만 NO.3는 더 날뛰고 있었으며 바닥엔 풀들이 전부 뽑히고 마치 사막처럼 변해서 모래 먼지들이 흩날렸다.
활시위를 당기던 궁수들의 공격 속도가 많이 떨어져 있

었다.

연속된 공격 덕택에 시위를 당기던 손이 다 까져 피까지 나는 지경이었다.

"얼마 안 남았어!! 거기, 원딜들 치료해! 어서!"

제일 잘 버텨온 유한정이었다.

그런 유한정을 아는지, 위험한 인물이라고 생각하는지 다시 한 번 유한정 쪽을 향해 뛰어와 꼬리를 흔들려 했다.

재빨리 상황을 인지하고 주변에 있던 의사들을 물렸다.

의사들은 살려야 했다.

그래야 조금 더 승률이 올라간다.

"덤벼라, 고질라 새끼!!"

대검을 거대한 NO.3를 향해 휘둘렀다.

쿠아앙!!

장비 제작을 장대은에게 의뢰를 하고 밖으로 나온 하루는 제일 먼저 말랑이를 소환하고 땀을 말리기 시작했다.

"내 어떤 걸 만들어 주면 되겠나."

"만들 수 있는 건 뭐든지요. 이 정도면 충분히… 장비를 다 만들고도 남지 않나요."

"크, 크흠! 남는 건……."

"최대한 잘 만들어만 주신다면… 뭐……."

"자네, 내 아들 할 생각 없나? 친자보다 잘해 주고 내가 모아둔 재산도 꽤……."

"장비 잘 부탁드립니다, 그럼."

하루와 장대은의 대화였다.

솔직히 마나석의 활용도는 무궁무진했다.

그걸 제련하고 장비를 만들 수 있는 사람은 극히 소수.

그런 능력을 빌리고 많은 시간을 요하는 것이니 남는 것은 장대은에게 넘겨줘도 됐다.

그냥 강한 장비를 제대로 만들어 주기만 하면 감지덕지였다.

[주인, 어디로 갈 거냐.]

"그야… 돌아다녀 봐야지. 일단, 어디 사냥터 없나?"

이 주변에 사냥 할 만한 곳이 알려져 있지 않은 게 좀 아쉬울 뿐이었다.

대부분이 도시화가 되서 몬스터가 잘 나타나지 않는 다는 것이 이곳의 평판이었다.

물론 방금 대장간 주변에서 몇 마리씩 발견되고는 한다.

그러나 하루가 사냥을 할 만한 곳은 아니었다.

[주인님. 근데 아까 거기… 좀 안 좋던데.]

"아까 거기?"

바깥 구경을 한다고 대장간 주변을 좀 돌고 온다던 채령이 하루에게 돌아왔다.

아무리 봐도 지영과 비슷한 외모의 소유자였다.

어떻게 죽은 것인지는 잘 모르겠지만 하늘하늘한 원피스에, 좀 커다란 그것을 가지고 있는 모습은 남자 여럿 홀렸을 것이다.

[아까 지나가던 사람들이 호수 공원…이라고 부르던데요.]

하루가 이곳, 일산으로 왔을 때 군인들이 가로막았던 곳이다.

출입 금지라고 쓰여 있지만 하루가 사냥터인 그곳을 가고자 하면 그곳은 출입 금지가 아닌 그냥 하루의 사냥터였다.

"뭐가 있길래 군인들이 지키고 있던 것이지……?"

몬스터가 있다면 처리를 해야지 지키고 있다는 건 이상한 일이었다.

거기다 몬스터들은 왜 밖으로 나올 생각은 안 하고 있는 것인지도 심히 궁금해지는 하루였다.

"그럼… 가볼까?"

호수 공원 앞에 도착한 하루는 군인들이 보지 않는 틈을 타 간단히 블링크로 이동을 했다.

호수 공원의 땅을 밟은 하루는 제일 먼저 주변을 경계하며 둘러보았다.

말랑이도 하루와 일심동체라 같이 이동이 되었는데 연신 코를 킁킁거리고 있었다.

"뭐야, 아무것도 없나?"

좀 더 안쪽으로 들어가자 드넓은 들판이 나왔다.

여러 가지 조형물도 있었는데 예전에는 그런 조형물에 올라가서 어린아이들이 자주 놀았었다.

"오…니……?"

[주인!]

하루가 눈앞의 생명체를 '오니'라 부르고 뒤로 블링크를 써서 이동을 했다.

감투를 벗으며 하루 앞에 나타난 '오니'라는 존재는 흔히들 알고 있는 도깨비였다.

뿔이 달려 있고 피부색이 붉었다.

오니는 전통 한국의 도깨비가 아닌, 일본의 도깨비였다.

[분명 이곳에 들어오면 죽인다 했건만.]

큰 덩치에 달랑 트렁크 팬티 한 장만 걸치고 하루를 쳐다보는 오니였다.

말을 하는 것을 보고 하루는 소스라치게 놀랐다.

그럼 지능이 있다는 것이고 더 상대하기가 까다롭다는 뜻이었다.

"말을 할 줄 알아? 우리한테 해가 되는 건… 아닌가?"

[인간은 죽어야지. 그럼, 크흠!]

"저기……?"

[분명 이곳에 들어오면 죽인다 했건만!]

[주인님… 그냥 멍청이 같은데요…….]

오니는 계속 같은 말만 반복하고 있었다.

그렇다면 그냥 처리하기만 하면 되는 것이었다.

오니가 역시나 도깨비들의 주 무기인 방망이를 꺼내들었다.

가시가 돋은 듯 솟아올라 있는 것이 맞으면 매우 아플 것 같았다.

하루가 마나를 끌어올리자 뭔가 인지했는지 벗었던 감투를 다시 썼다.

"뭐야! 어디 갔어!"

[크르으응!!]

감투를 쓰자 오니의 모습이 감쪽같이 사라졌다.

그 어디서도 보지 못했던 것이었다.

말랑이가 냄새를 맡으며 쳐다본 곳에 오니가 있다는 것을 감지한 하루가 바로 파이어—버스터를 날렸다.

쾅! 하는 소리와 함께 보이는 것은 커다란 벽이었다.

바닥이 순식간에 솟아올라 하루의 마법을 차단한 것이었다.

'당황하지 말고~'

"컨트롤!"

마나들이 빠져나와 넘실넘실 밀랑이가 다시 바라보는 곳으로 날카롭게 쏘아 보냈다.

어째선지 하루가 원한 방향과는 다르게, 어떤 힘에 의해 갈라지는 마나들에 하루는 대충 어디에 오니가 있는지 감이 잡혔다.

"파이어-버스터! 파이어-버스터!"

하루의 마법이 막혔다면, 더 큰 데미지로 공격을 하면 뚫릴 것이라 생각했다.

8개의 화염 구체들이 일제히 날아가서 박혔다.

충격 여파 때문인지 감투가 멀리 날아간 채 오니의 모습이 드러났다.

그러나 솟아오른 바닥 덕분에 제대로 된 데미지는 입히지 못했다.

'어떻게 해야 하지……?'

솔직히 이렇게나 공격이 막힌 것은 처음이었다.

그리고 하루에게는 지금 마나를 충분히 사용할 수 있는 마나석이 남아 있지 않았기에, 마법을 마구잡이로 난사를 하다간 최악의 불상사가 생길 수 있었다.

[주인. 내가 한눈을 팔게 만들겠다.]

[분명 이곳에 들어오면 죽인다 했건만!! 바람 나와라, 뚝딱!]

말랑이가 오니를 향해 빠르게 달려갔다.

채령도 뭔가 도와주려던 심산인지 오니에게 날아갔다.

방망이를 강하게 내려치니 눈에 보이는 정도의 바람이 하루에게 날아왔지만 세로로 날아오는 것이었기에 간발의 차로 피할 수기 있었다.

그 한 동작 때문에 오니의 옆구리에 바로 말랑이의 튼실한 이가 박혔다.

[속박! 시져 니들!]

오니가 아픔을 느끼고 바로 공격해 올 것을 알았기에 말랑이는 잠깐 물기만 하고 빠졌다.

오니의 옆구리에는 이빨 자국이 선명하게 남아 있었다.

하루가 마법을 날렸으나 아직도 오니는 살아 있었다.

충격이 좀 있는 듯 비틀거렸지만 쓰러지지는 않았다.

[끄어어어! 인간은 죽어야지이!!]

오니가 다시 한 번 방망이를 휘두르려 했다.

또 바람을 날리려는 것 같았는데 갑자기 오니의 몸이 푹 처졌다.

오니의 머리 위에 있는 채령이 뭔 짓을 했는지 알림음이 들려왔다.

—워느호니아의 망토에 내장된 스킬 '강령술'을 채령이 사용했습니다.

—오니의 몸채에 원령 하나가 깃들어 몸의 주인과 맞섭니다.

"강령술?"

그러고 보니 워느호니아의 망토에 있는 강령술 스킬을 확인해 보지도 못했다.

바쁘게 여러 생각을 할 게 많아서 잊어버렸다는 말이 맞았다.

오니는 몸을 흔들기 시작했다.

경직이 되어서 멈춰 있던 몸이 움직이는 것을 보니 지금쯤 알림음대로 몸을 차지하기 위해 싸우고 있는 것처럼 보였다.

그냥 마법을 날려서 처리를 해버릴까 생각을 했지만 강령술이라는 게 성공만 한다면 튼튼한 몸을 가진 아군 하나가 더 생기는 것이었다.

마나도 없는 상황에 차라리 잘된 일이었기에 채령에게 잘했다고 칭찬이라도 해주고 싶었다.

우뚝!

오니가 제자리에 섰다.

그리고 고개를 팍 쳐들면서 오니의 입에서 한국어가 나왔다.

[어따… 뭐꼬, 이건. 내 몸을 여따 집어넣은 겨?]

"성공한 건가? 후……."

하루가 구수한 사투리를 구사하는 오니에게 다가갔다.

오니는 팔이 아픈지 아니면 습관인 것인지 쿵! 하며 방망이를 바닥에 수직으로 내려찍었다.

—오니의 동료들이 소환됩니다.

"… 내가 잘못 들은 거겠지?"

원혼이 들어가 있는 오니의 방망이를 중심으로 바닥이 깨지는 듯한 이펙트가 나타났다.

바닥에서부터 소환되는 듯했지만 알림음과는 달리, 아무것도 눈에 보이지 않았다.

'아무것도 없잖아?'

두리번거리는 하루, 역시나 눈에 잡히는 건 없었지만 찌그러진 오니의 날아갔던 감투가 눈이 들어왔다.

"감투! 말랑아, 혹시……?"

[크르… 그렇다. 주인. 어서 벗어나는 게…….]

말랑이는 사방을 향해 낮게 적대감을 표출했다.

아까부터 경계를 하고 있었던 것이다.

어쩐지 아까부터 이상한 구리구리한 냄새가 진동을 했다.

"블링크!"

―삑! 마나가 부족합니다.

하루의 마나가 120 정도 남아 있었다.

블링크를 사용해서 빠져나가는 것도 하지 못한다는 뜻과, 지금이 바로 죽을 고비라는 것을 깨달았다.

"하, 씨……."

포기해라

조심스럽게 아선이 동두천에 도착했다.

얼마 떨어지지 않았었지만 가족들의 품과 딸 선혜의 얼굴이 너무 보고 싶었다.

여기저기 경찰들이나 군인들이 포진해 있지만 혹시 모를 몬스터의 습격 때문에 서 있는 것이었다.

'아무 일 없겠지…? 아니, 없길 빌어야지.'

이미 살인마라고 알려져서 막노동 일자리에 나갈 수도 없었고 다른 회사에 취직을 할 수도 없는 아선은 그냥 도망자 신세였다.

자신을 쫓는 사람도 있으니 멋대로 돌아다니지도 못할

테지만 보고 싶은 건 보고 싶은 것이었다.

형사들이 집이나 집 주위에 없기를 바라기만 했다.

삐―

"D구역 이상 없습니다."

아선은 아파트 단지를 순회하는 경찰관을 자연스럽게 지나 다행히 아파트 안으로 들어갔다.

가족들을 만날 수 있다는 생각에 가슴이 두근두근거렸다.

엘리베이터를 탄 아선은 얼굴만 빨리 보고 가자라는 생각을 했다.

오래 있어 봐야 좋을 게 없었다.

얼굴을 우선적으로 보고 나서는 그놈들을 찾을 것이다.

나머지 복수를 할 생각, 그놈들이 살아 있다면 사회악이었다.

몬스터라도 나타나서 그놈들에게 지옥 구경을 시켜 주면 좋겠지만 그럴 일은 일어날 리가 없었다.

아선의 손으로 그냥 빨리 처리하는 게 좋았다.

"여보……."

아선이 문을 열고 아내를 불렀다.

항상 부엌에서 지글지글 끓고 있는 찌개를 맛보며 웃어주던 아내, 그런 아내에게 제일 미안했었다.

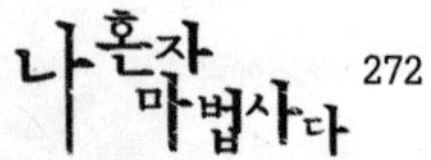

이렇게밖에 살지 못하게 해서 말이다.

"……."

집 안을 살펴본 아선은 말이 없었다.

아무도 없었고 집 안이 조금이지만 어질러져 있었다.

누군가에게 도망치거나 아니면 납치를 당했을 것 같은 풍경이었다.

식탁 위에 검은색 종이가 유난히 눈에 띄었다.

그 검은색 종이에는 하얀색으로 글씨가 써져 있었다.

괴도 라베

"크큭… 큭……."

눈에서 갑자기 눈물이 주륵 흘렀다.

무슨 상황인지 단번에 이해가 됐고 설마 병원에 있는 선혜도 마찬가지인 상황인 것인지 생각이 났다.

'제발… 제발 선혜라도… 선혜……!'

분노가 차올랐다.

손등과 이마 부근에 올라온 혈관들이 터질 만큼 부풀어 올랐다.

병원으로 도착한 아선은 바로 선혜가 있던 병실로 향했다.

그러나 선혜의 모습은 병원 어디에서도 찾을 수가 없었다.

확실히 그 아픈 선혜까지 어떻게 납치를 해간 것이었다.

이럴 때, 경찰들은 그런 놈을 잡아가지 않고 뭘 했는지 심히 궁금했다.

아니면 같은 한 팀이거나 말이다.

지금 기분 같아선 여기가 병원이든 어디든 상관없이 미친 듯이 날뛰고 싶었다.

그러나 본능대로 행동을 한다면 선혜를, 가족을 다시 볼 수 없을지도 몰랐다.

지금 아선의 손에 있는 것은 꾸깃꾸깃 구겨진 검은 종이 한 장이었다.

뒷면을 확인해 보니 서울 주소가 쓰여 있었다.

아무런 말도 쓰여 있지 않았지만 자신에게 오라는 소리라는 것을 알 수 있었다.

'쉽게 죽진 못할 것이다… 쉽게.'

아선은 차오르는 분노를 억지로 억눌렀다.

가족을 찾아오기 위해선 이성적으로 판단을 해야 했다.

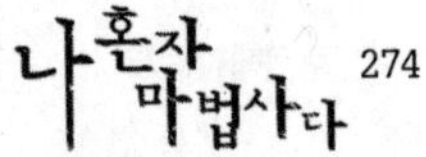

일단 라베를 찾는다면 고문을 끝없이 하다가 정신적으로 인해 사망을 하게 된다면 지옥까지 찾아가 죽일 생각이었다.

'마계, 마계는 없나?'

미친 생각이지만 게임화가 된 세상도 미쳐 있었다.

마계라든가 천계라든가 정령계라든가 하는 곳들이 있을 수도 있었다.

만약 있다면 그곳까지 친히 찾아가 또다시 고문하며 평생을 보낼 생각이었다.

덤으로 그곳에서 한 번 더 죽일 수가 있다면 그럴 것이다.

부모가 아이를 잃고 위협 당했을 때 하는 행동을 제대로 보여줄 것이었다.

'라베… 이 개자식…….'

퉤!

아선 말고도 라베를 죽일 듯 노려보는 이가 있었다.

그녀는 라베의 얼굴에 침을 뱉었다.

지영은 나무 의자에 손과 발을 묶인 채 있었는데 많은 저항을 했는지 옷이 여기저기 찢겨져 있었다.

"하… 이러지 말고 좀 자지."

얼굴에 묻은 침을 부하가 준 손수건으로 닦으며 지영에게 말을 했다.

뭔 짓을 했는지 지영의 눈꺼풀이 심하게 무거워 보였다.

억지로 몰려오는 잠을 참고 있는 것이었다.

"어이, 더 센 건 없어?"

"하나 더 투입시킬까요……?"

벌써 두 개 정도의 수면제가 지영의 체내 속으로 들어갔다.

라베는 한국 여자가 참 독하다고 생각했다.

자신도 버티지 못하는 것을 이 연약한 여자가 버티고 있으니 말이다.

"꺼져… 풀어! 푸르라고으으……."

"좀 조용히 자면 얼마나 좋아. 우리가 뭔 짓을 한 것도 아니고, 혼자 날뛰어서는……."

라베가 지영의 벗겨진 옷을 쓰윽 올려줬다.

꽤나 많이 버티던 지영이 눈이 아팠는지 살짝 감은 뒤에는 뜨질 않았다.

이게 바로 약효인 것이다.

침을 뱉을 땐 그냥 어떻게 해버릴까 생각도 해봤지만 하루와 협상을 하기 위한 최적의 인질이었다.

라베가 지영의 뺨을 두 번 정도 치고 확실히 잠든 것을 확인하고 자리에서 벗어나려는 순간, 부하 한 명이 다가왔다.

"라베 님, 이아선의 딸 선혜가… 좀 상태가 좋지 않습니다."

"야, 그럼 의사 놈들을 불러야지 나한테 왜 와?!"

라베가 부하의 머리통을 강하게 후려갈겼다.

이럴 때 보면 정말 멍청하고 짜증났다.

아무래도 교육을 다시 시켜야 할 것만 같았다.

"좀 어떤가."

"아… 라베 님."

라베가 도착을 하자 이미 의료진들이 일렬로 쭉 서서 선혜의 옆에서 선혜를 지켜보고 있었다.

선혜의 엄마는 옆에서 선혜의 손을 잡고 있었다.

"선혜야… 엄마야, 응? 말 좀 해봐… 선혜야……."

"자세한 이유는 모르겠습니다. 의료기 도움으로 일단 일부로 그러는 것은 아니라 생각됩니다."

"정신적인 문제겠군. 지켜보는 수밖에 없지 않나?"

"일단은 그렇습니다."

선혜의 입은 꾹 다물어져 있었다.

여러 가지 이유가 있겠지만 아선 때문에 입을 열지 않는 것이 제일 클 것이다.

선혜로서는 선택의 여지가 없었다.

"아이고… 선혜야……."

선혜의 엄마는 계속해서 선혜의 손을 쓰다듬으며 곁을

지켰다.

'이아선, 어서 와라. 누가 좀 보고 싶어 하는 것 같군.'

하루의 등 뒤와 앞, 옆 모두 다 어떤 물체에 의해 가려진 것이 보였다.

완전히 적진 한가운데에 있는 것이었다.

오니들이 감투를 벗었다.

하얗게 빛나는 외뿔들을 자랑하며 한낱 곤충 한 마리처럼 보이는 하루를 쳐다봤다.

[이곳에 들어오면 죽인다 했거늘!!]

[처단한다 했거늘!!]

다 같이 무서워 보이는 방망이를 꺼내들었다.

하루와 말랑이, 채령까지 경악하는 표정이었다.

빠져나가지 못하는 것도 이미 인지를 하고 있었다.

[어따… 많구마. 아가, 이놈들이 우리 편인가.]

"아, 아닙니다!"

하루가 원혼이 들어간 오니에게 말을 하며 간신히 자신을 내려치는 방망이를 피했다.

말랑이가 요리조리 원혼들을 피해서 하루에게로 다가왔지만 여전히 할 수 있는 건 없었다.

뭐, 어떤 무기라도 있었다면 이렇게 피하고만 있지 않았을 것이다.

“말랑이는 들어가 있어!!”

있어도 별로 소용이 없는 말랑이를 역소환해버렸다.

오니들이 많아서 하루를 공격하는 오니들은 소수였지만 그 소수가 결코 우리들이 생각하는 소수가 아니었다.

“커, 컨트롤!”

간신히 컨트롤을 시전할 마나 정도는 있었다.

그러나 지금 넘어져서 내려오는 방망이를 막기 위한 수단밖에는 되지 못했다.

다시 일어나서 하루는 오니들 틈을 파고들어 최대한 가까이 붙으며 피했다.

좀 멍청한지 방망이만 흔들어댔지, 몸을 쓸 줄은 모르는 것 같았다.

휘잉! 휘잉!

하루와 멀리 좀 떨어진 곳에서 한국어가 들려오며 곳곳으로 날아가는 바람의 모습이 보였다.

몇몇 오니들은 하루 말고 원혼이 들어간 오니 쪽을 신경 쓰고 있었다.

그러나 하루에게 날아오는 방망이 수가 적어진 것은 아니었다.

[이 노무 시키들이 어딜 달라붙어! 죽어, 죽어어!]

아무래도 방망이에는 바람을 인위적으로 만들어내는 것이 있나 보다.

휘두를 때마다 비람이 생성되는 것을 보니 말이다.

가끔 들려오는 욕들로 봐서는 오니의 몸속에 들어간 것이 욕쟁이 할머니인 것 같았다.

[배신자는 안 된다 했거늘!]

[처단해야 한다 했거늘!]

오니들이 적으로 간주해서 원혼이 들어간 오니를 방망이로 죽일 듯 때렸다.

그러나 피하기는커녕 시원하다며 원혼이 들어간 오니는 기분 좋게 방망이들을 휘둘렀다.

물론, 체력이 쭉쭉 바닥을 향해 미끄럼틀 타듯 내려갔다.

'나도 저런 바람을… 아니, 마법이라도!'

마나는 자연, 만물에서부터 온다는 것을 직접 마나가 알려주었다.

그리고 자연의 마나를 사용할 수 있다던 알림음.

'마나를 끝까지 써보진 못했…나?'

항상 계산으로만 마나를 사용했었다.

그리고 블링크를 썼을 때는 마나가 부족해서 쓰지도 못한다는 알림음을 들었다.

갑자기 자연의 마나를 사용할 수 있다는 것이 생각났지만 하루는 혼란스러웠다.

[주인님!]

"알아, 안다고!"

이대로 가면 꼼짝 없이 지쳐서 오니의 방망이에 맞고 저 세상으로 갈 게 뻔했다.

체력적으로도 힘들었고 이제 원혼이 들어간 오니도 죽어갔다.

"될 대로 돼라!!"

하루가 오니의 방망이에서 나오던 바람 같은 것을 생각하며 손을 흔들었다.

마나를 컨트롤할 때와 같은 느낌을 실었는데 어떻게 될지는 몰랐다.

휘이—잉!

[주인님!]

채령의 부름에 하루가 감았던 눈을 떴다.

하루를 공격하려던 오니의 팔이 날아가 있는 것이었다.

'이게 돼?'라고 생각을 하며 하루가 씨익 미소를 지었다.

—스킬 '윈드 커터'를 습득하시겠습니까?

"아니."

하루는 굳이 이걸 스킬로 사용할 필요성을 못 느꼈다.
왜냐하면 바람은 자유로워야 했기 때문이다.
양손을 바라보던 하루는 빠르게 팔을 흔들었다.
좀 더 세게 흔들수록 강한 바람들이 날아갔으며 날카로워졌다.
"바람은 아무런 대가도 바라지 않는다."
쪄 죽을 것 같은 우리들의 땀을 식혀 주는 바람!
그것이 인위적인 바람이든 자연의 바람이든 바람은 어디에서나 존재했다.
자유롭게 곁에 돌아다니고 항상 존재하는 바람, 하루의 레벨이 올랐고 떨어졌던 마나가 풀로 찼다.
"불과 바람이 만나면 엄청난 화력을 자랑하지!"
하루가 바로 파이어—버스터와 함께 바람들을 날렸다.
바람과 만난 불덩이들의 덩치는 커졌고 오니들과 부딪히는 속도 덕분에 데미지가 더욱 들어갔다.
"일본 도깨비 놈들은 다 죽어라!!"
솔직히 이번 게임화된 세상 같은 것도 일본의 원자력이 몇 번이나 터져서 그런 게 아닌지 의심이 갔다.
일본에게는 꽤나 좋지 않은 감정만 지니고 있는 하루였다.
19금을 달고 있는 야구 동영상이라는 것만 빼고.

거대한 대검에 몸을 기대서 유한정이 일어났다.

방어를 위해 사 입었던 갑옷들도 이리저리 뜯겨 있어서 너덜거렸다.

팔에서 주르륵 떨어지는 피가 붉은 대검을 더욱 짙게 만들었다.

유한정이 있는 곳은 NO.3의 몸체 위.

괴물 같은 놈이 죽은 것이었다.

너무 처참한 주변 풍경에 보는 사람들은 말을 잃을 정도였다.

움푹 파인 바닥, 완전히 망쳐버려서 여기저기 널브러져 있는 농작물 그리고 의식을 잃은 대원들이 있었다.

"하… 흐… 이 자식들아, 살라고 그리 말했는데……."

"…대장."

힘겨웠던 몇 시간의 전투가 끝나자, 바닥 웅덩이에 고인 핏물들처럼 하늘도 노을로 인해 붉게 물들고 있었다.

유한정은 그런 하늘을 쳐다보며 참았던 눈물을 흘렸다.

차마 이리저리 엎어져 있는 대원들의 모습을 보기기 힘

겨웠다.

조준호도 유한정과 마찬가지로 상태가 말이 아니었다.

역시나 손은 지문을 찾아볼 수도 없고 다 뜯어져 있었으며 팔을 제대로 움직일 수도 없었다.

"대통령님께 연락했습니다. 곧 수습 대원들과 헬기가 도착할 것입니다. 수고…하셨습니다."

"뭐? 수고…? 먼저 이, 이 대원들에게 최소한의 예의라도 보여야 하는 것 아닙니까?"

"…죄송합니다."

대통령이 보낸 사람인 듯한데, 유한정의 앞으로 오는 동안 손수건으로 코를 막고 대원들의 시체를 무슨 전염병 보듯 쳐다봤다.

사람들을 위해 전투를 하다 사망한 사람들 앞에서 이런 행동은 정말 아니라 생각했다.

"됐고. 빨리… 수습하고. 약속이나 잘 지키면 됩니다. 목숨을 바쳐 시민을 지킨 사람들이니……."

"…지금은 저희 행정 담당에서 관리를 할 겁니다. 저기, 헬기 오네요."

유한정은 차가운 시선으로 대통령이 보낸 사람을 쳐다봤다.

그러나 그것도 잠시, 멀리서 헬기가 날아오고 있었다.

계속해서 살아남은 의사들이 힐을 하며 살아남은 한정 공격대의 부상을 치료해 주고 있었다.

참으로 힘든 하루였다.

이런 괴물 녀석이 더 나타난다면 이 나라도 답이 없을 것 같았다.

"라베 님, 이분들만 태우면 되나요?"

헬기가 먼저 도착해서 한정 공격대에서 살아남은 사람들을 기다리고 있었다.

대통령이 보냈다는 사람 이름이 라베인 듯 헬기에서 내린 사람이 물었다.

"그래. 정중히 모셔. 꼭 필요한 사람들이니까."

'주인님이 좋아하시겠어.'

"아, 유한정 씨와 조준호 씨는 저와 같은 헬기에 탑승을 하시죠. 할 얘기도 있고요."

씽긋.

라베가 미소를 지으며 간신히 피가 멈춘 유한정과 조준호를 바라봤다.

대원들이 편히 쉴 수 있게 둘은 그렇게 하겠다며 고개를 끄덕이고 헬기에 탑승했다.

하루는 감투를 쓰고 사람들 틈을 지나갔다.

오니에게서 나온 감투들의 수가 꽤 되었기에 기분이 좋았다.

이렇게 보이지 않는 상태가 된다면 제일 먼저 여탕을… 가야 하지만 순수한 하루는 곧바로 대장간으로 향했다.

"이런 아이템이 있다니… 난 운이 좋나봐. 이제 그놈들 나타나도 힘들게 도망갈 필요가 없겠어."

감투의 효과는 바로 투명화가 되는 것이었다.

이보다 좋은 아이템이 있을까 싶었다.

구사일생으로 살아남고 자연의 마나, 바람을 다룰 수도 있고 감투도 얻었으니 귀까지 입이 찢어졌다.

그리고 단 한 개뿐이었지만 혹시 아이템을 파는 사이트 같은 곳이 있으면 엄청난 가격을 받아 팔아먹을 수 있는, 오니의 방망이까지 하루의 인벤토리에 저장되어 있었다.

'정말 사이트가 있나……?'

모르는 일이었다.

찾아보지도 않았으니 말이다.

몬스터가 아이템을 준다면 그런 거래소가 하나씩은 생겨날 것이다.

원래 유명했던 거래 사이트 아기템 베이와 같은 곳이

말이다.
까앙!
처음 하루가 장대은의 망치질 소리를 들었을 때보다 더 청아하고 단단한 느낌의 소리가 울려 퍼졌다.
잘 만들고 있나 들여다보고 싶었지만 엄청난 화기에 들어갈 엄두조차 내지 못했다.
아이스크림을 들고 들어가면 2초 안에 전부 녹아버릴 것만 같은 화기였다.
그리고 채령의 목소리 때문에 다른 곳으로 이동을 해봐야 했다.
[맞고 있다니까요! 세 명 정도가… 저러다 죽기라도 하면…….]
"어디야."
[저기 낡은 학교 옆에서요. 막 패는 소리가 나는데도 다른 사람들은…….]
채령이 지나가는 사람들을 노려봤다.
어쩔 수 없었다.
현대 사람들 중에서 길거리의 불쌍한 학생을 도와줄 사람은 없었다.
좀 나이가 지긋하신 분들이 거의 지나가지 않는 곳이라 기대를 할 수도 없었고, 만약 지나간다 해도 힘이 없는 그저 노인일 뿐이었다.

"이 새끼야! 빨리! 말 안 해?!"

"아니, 동생 어디 있냐고. 잠시 말만 한다니까?"

"이 개 같은 놈… 무슨 방어력 같은 것만 올렸나."

하루는 폭력이 이루어지는 장소에 도착했다.

감투를 썼기에 가까이 다가가도 이놈들은 전혀 알아채지를 못했다.

"너희 같은 놈들을 만나게 둘 것 같냐……."

맞고 있던 남학생의 입에서 낮게 독기 있는 듯한 목소리가 흘러나왔다.

상태를 보면 정말 괜찮아 보였다.

"뭐야, 많이 맞고 있다 하지 않았어?"

[맞는데… 이상하네요, 주인님…….]

"뭐, 뭐야! 어떤 놈이야!"

남학생을 때리던 세 놈은 자신들 말고 어디선가 목소리가 들려오니까 깜짝 놀랐다.

감투가 목소리까지 새어 나가지 못하게 막는 능력은 없었다.

주춤거리며 남학생으로부터 조금 떨어진 세 놈은 주변만 두리번거렸다.

아마 지금쯤 귀신이라도 나왔나 싶을 것이다.

폐가 같은 곳에서 스펙터들이 나온다는 것은 잘 알려졌으니 말이다.

하루는 기분도 좋겠다, 장난 한 번 쳐볼까 하는 심상으로 주춤거리는 세 놈의 눈앞으로 다가갔다.

"이노옴들! 어느 안전이라고 감히 고개를 쳐들고 있는 것이냐! 어서 꿇지 못하겠느냐!"

마치 조선 시대의 왕이 말하는 듯한 소리에 놀란 세 놈은 어떡하지 하며 발만 동동 구르다가 이내 무릎을 꿇었다.

채령이 뭐하는 거냐고 말을 걸어왔지만 무시하고 다시 한 번 입을 열었다.

"어허! 예를 갖추지 못하겠느냐! 감히 내 앞에서 죄송하다 속죄도 하지 않고 말이다!"

"죄, 죄송합니다! 용서해 주십시오!"

"죄송합니다! 제발 살려만……."

하루가 컨트롤로 마나까지 흘려보냈기에 세 놈은 정말로 자신들의 앞에 귀신이라도 나타난 것으로 알고 있을 것이다.

세 놈이 미안하다, 죄송하다… 절까지 하니까 남학생의 눈에는 자기에게 절을 하는 것처럼 보였지만 남학생도 목소리 때문에 세 놈들만큼은 아니지만 떨고 있었다.

"당장 눈앞에서 없어지지 못할까! 앞으로 눈에 거슬리는 짓을 한다면 저승으로 인도하겠다!"

다소 이상한 말들을 해대며 하루가 세 놈들을 쫓아 보냈다.

그리고 남학생을 쳐다보며 감투를 벗었다.

역시나 두 눈이 커지는 남학생.

"이름."

"오준영… 오준영입니다."

"왜 맞고 있던 거야?"

"여동생이… 여동생을……."

오준영, 19세인 그에게는 하나밖에 없는 여동생이 있다.

동네에서 나름 예쁘다고 소문도 났는데 하필이면 질 나쁜 놈이 자신의 동생에게 반한 것이었다.

원래 힘이 셌는데 어디서 그렇게 레벨을 올렸는지 힘으로는 못 당할 것 같았다.

여동생이 이놈을 싫어했는데 계속해서 스토커처럼 따라다니고 여동생의 주변 친구들까지 위협을 했다.

그런 모습을 보고 힘으로는 못 당해서 어디 있는지 계속 알려주진 않고 체력만 올린 것이었다.

그러다가 방어력이라는 스텟이 생겨서 계속해서 올인을 하고 있는 중이었다.

"방어력이… 생겨?"

"네. 스텟도 생기는 것 같은데… 근데 누구……."

"아, 난 지나가던 행인이라고만……."

하루도 남들과는 다른 스텟을 가지고 있었다.

처음부터 있던 거지만 이걸로 인해 많은 일들이 생겼다.

그런데 남들과는 다른 스텟을 가진 사람이 등장했으니… 놀랄 법했다.

"방어력이라……?"

몸이 약간 슬림하긴 하지만 보디빌더 같은 근육을 가지고 있는데, 왜 맞고만 있나 이해가 별로 가지 않았다.

하루가 이상한 눈초리로 쳐다보자 준영이 입을 열었다.

"방어력을 올리다 보니 어느새 이렇게… 몸이, 하하."

"뭐?!"

단지 스텟을 올리는 것만으로도 외형이 변한다니…….

남들과 다른 스텟을 가지고 있다는 것보다 더 놀라는 하루였다.

그럼 민첩성을 많이 올리면 날카롭고 빠른 듯한 외모로 바뀌고 힘을 올린다면 팔만 두꺼워지고 그러는 것인가 헷갈렸다.

'나는 좀 지적인 외모로 되는 건가……?'

만약 그렇다면 괜찮은 안경 하나 구입해야겠다 생각하는 하루였다.

하여튼 자신 말고 특별한 사람이 또 있다는 것이 신기했고 이런 사람들이 여러 곳에 숨어서 지낼 것이라는 생각도 들었다.
하루, 자신만 특별한 사람이 아니었다.
준영이처럼 살아가고 지신의 방식대로 살아가는 사람들이 있다.
이젠 그런 사람들을 만나고 게임화에 대한 비밀이라든지 혹시 엄마를 살릴 수 있는 은거기인이라도 찾아다닐 생각이었다.
중간 중간 역시 언데드 쪽을 조사하는 것도 잊지 않고 말이다.
"기회가 된다면… 나중에 만날 수도."
"네?"
"아니야, 동생… 잘 지켜."
하루는 생각할 것이 많은지 오준영과 헤어지고 나서 장대은이 있는 대장간 말고 근처 여관으로 빌을 옮겼다.
좀 쉬며 머릿속을 정리해 봐야 했다.

"저 왔습니다~"
다음 날.
하루는 일어나자마자 대장간으로 향했다.
새로 완성되어 있을 장비들이 너무나도 궁금했기 때문

이다.

대징간 안은 조용했다.

아무도 없는 것 같은 풍경이었다.

풀무질을 하던, 화염이 일렁이던 곳은 차갑기 식어 있었으며 망치나 다른 장비들도 여기저기 널브러져 있었다.

'설마……?!'

가지고 튄 건가 생각이 들고 그 중요한 것들을 이렇게 허무하게 잃어버리다니, 하루는 자기 자신을 자책하며 이깟 대장간을 날려버려서 분노라도 다스리려 마나를 끌어올렸다.

넘실넘실 하루에게서 마나가 뿜어져 나왔다.

이 낡아버린 대장간 따위 마법 한 번이면 아주 잘 날려버릴 수 있을 것 같았다.

쿵. 쿵!

하루의 발밑에서 뭔가가 울리는 느낌이 전해져 왔다.

위험할 수도 있었기에 바로 블링크로 이동을 한 뒤, 그곳에 시져 니들을 시전해 놓고 대기를 하고 있었다.

'혹시 몬스터……?'

많이 낡고 녹슨 곳이라 바닥에 그런 것이 하나쯤 존재한다고 해도 믿겨졌다.

하루가 잔뜩 경계를 하고 있을 때, 바닥 뚜껑이 열리며 누군가 나왔다.

"누구……?"

"제 아버지 아들입니다만… 그쪽은……?"

장대은의 친구라고 해도 믿을 정도의 비주얼을 지니고 있는 남자가 하루와 마주쳤다.

장대은의 아들이라는 남성은 조용히 하라고 신호를 준 뒤 바닥 뚜껑을 조심히 닫았다.

"그럼 아버지는 어딜 간 겁니까?!"

"주무십니다. 방금 제가 나온 곳에서 좀 전에 잠에 들었습니다. 그쪽의 장비를 만들다가요."

하루는 입을 벌리며 끌어올렸던 마나들을 도로 회수했다.

도망친 게 아니라 밤새 장비들을 만들다가 힘들어서 곯아떨어졌다는 것이다.

장인이 최선을 다했다는 뜻, 더욱 빨리 장비들을 보고 싶었다.

"장비는 어디……."

"창고에 넣어 뒀습니다. 이리로……."

그리고 장대은의 아들은 하루를 냉장고 앞으로 데리고 갔다.

딱 한 사람 들어갈 만큼의 폭과 높이를 가지고 있었는데, 장대은의 아들이 냉장고 문을 열고 발로 냉장고의 안

쪽을 걷어찼다.

그러자 다른 공간이 눈앞에 보였다.

어찌 이런 곳이 있는지 의아했지만 잘 보관만 해놨다면 상관은 없었다.

하루는 부푼 가슴을 끌어안고 냉장고의 뒤로 들어갔다.

눈앞에 보이는 것들에 입을 떡 벌리고 황홀한 표정을 지으며 걸려 있는 장비들에게 걸어갔다.

모두 마나석으로만 만든 듯한 색깔과 움직이는 듯한 생동감을 주고 있었다.

하루가 장비에 손을 가져다 대며 정보를 확인했다.

페나테스

저장의 신, 페나테스가 애용하던 창을 본떠 만들었다.

순도 100%의 마나석으로 제작이 되어서 공격력 상승은 물론이고, 자연의 마나를 포함해 뭐든 흡수하고 무한히 담을 수 있다.

다만, 수치는 확인할 수 없다.

대장장이 장인 장대은이 혼신의 노력을 다해 제작한 창이다.

무겁게 생겼지만 마나를 다루는 자에게는 나무 막대기와 같은 가벼움이다.

그러나 날카로움과 강인함은 무시할 수 없다.

공격력 : 1400~1609

초당 흡수력 : 5%

힘 : +20　　　**민첩성** : +20

패시브 스킬 '날카로운 기운' 사용 가능.

세 번째 찌르기마다 치명타 발생.

체력 소모 없이 방어를 성공할 시, 10초간 상대 방어력을 무시.

프리벤트

순도 100%의 마나석을 녹여서 갑옷 형태로 만들었다.

관절들을 매우 신경 써서 만들었기에 움직임에는 데 불편함이 전혀 없다.

마나의 기운이 강해서 마나를 내뿜고 들여오는 성질 때문에 이 갑옷 주변엔 쉽게 다가가지 못한다.

순수한 마나만 받아들이고 그 외의 것은 차단할 것이기에 연인과 있을 때는 착용하지 않는 것을 추천한다.

대장장이 장인 장대은이 혼신의 노력을 다해 제작한 갑옷이다.

초당 흡수력 : 5%

체력 : +1000

착용자의 공격력보다 낮은 공격 무조건 방어.

착용자의 공격력보다 높은 공격 50% 확률로 방어.

프리벤트 로브

순도 100%의 마나석을 녹여서 만든 망토다.

저절로 움직이는 데 방해가 되지 않도록 세심하게 재작되었다.

대장장이 장인 장대은이 특별이 신경 써서 만들었다.

더욱 튀는 듯한 디자인으로 저절로 바람에 흩날리는 듯한 이펙트가 있다.

초당 흡수력 : 5%

민첩성 : +10

망토에 스친 상대방 생명력 500 감소.

플라로우

순도 100%의 마나석을 녹여서 만든 신발이다.

많은 양의 마나를 지니고 있어서 착용했을 때, 공중에서 낮게 어디서든 떠오르게 된다.

대장장이 장인 장대은이 혼신의 노력을 다해 제작한 신발이다.

마나를 사용하는 자들에겐 맨발로 다니는 듯한 느낌을 주며 전혀 무겁지 않다.

초당 흡수력 : 5%

민첩성 : +20

스킬 '대쉬' 하루에 5번 사용 가능.

"이, 이걸 직접 만든……."

입이 다물어지지가 않았다.

모두 착용을 한다면 흡수율 20%에, 거의 무한으로 마나를 사용할 수 있었다.

다소 색깔이 걸렸지만 멋에도 치중을 둔 것 같았다.

"아버지가 오시면 보여드리고 남은 마나석은 어찌……."

"전부 드려야죠. 이렇게 장비를 훌륭하게 만들어 주셨으니 그 값으로 남은 마나석은 전부 드리겠습니다."

하루의 입에서 미소가 떠나질 않았다.

어제오늘 정말 기분 좋은 날이다.

장비를 전부 인벤토리에 넣고 어떤 모습일까 기대를 하며 착복을 외쳤다.

"페나테스, 프리벤트, 프리벤트 로브, 플라로우 착복!"

장비들은 하루의 몸에 꼭 맞았다.

정말이지… 그중에서 페나테스가 제일 마음에 들었다.

잘빠진 손잡이 부근과 뭐든 베고 뚫을 것만 같은 날, 무엇보다 가볍고 손에 감기는 그립감이 최고였다.

플라로우로 인해 공중에 떠 있음에도 불구하고 마치 땅

위를 걷는 것 같았다.

비람 한 점 없는 곳에서 펄럭이는 망토가 좀 신경 쓰이긴 했지만 이런 장비를 가지고 있다는 것에 즐거웠다.

뭔가 혼자가 되니 복잡한 것도 좀 사라지고 잘 풀리는 것 같았다.

아선과 지영의 일도 좀 잘 풀렸으면 좋을 것 같았다.

'생각난 김에…….'

"혹시 전화 좀 쓸 수 있을까요?"

"그래요."

헤어진 지 며칠 채 되지 않았지만 잘 지내나 궁금했기에 하루는 지영이 입원했던 병원으로 전화를 했다.

퇴원은 잘했고 더 아파하는 곳은 없나 확인을 하기 위해서였다.

—여보세요?

전화를 통해 지영은 괜찮고 퇴원은 잘했나 물어보는 하루의 입가부터 온몸이 떨리기 시작했다.

그 예쁜 분, 어떤 외국인이 다른 사람들이랑 강제로 데려가던데 경찰에 신고를 해도 아무도 오지 않고 그렇게 그냥 보냈다는 것이 병원에서 일을 하고 있던 간호사의 답이었다.

'라베.'

모든 장비를 착용한 하루의 눈이 뒤집힐 것처럼 보였다.

하루는 자기도 모르게 휴대폰을 한 손으로 아작내고 있었다.

"블링크."

하루는 계속해서 블링크를 사용했다.

지금 라베가 있는 곳은 몰랐다.

어디에서 또 자신을 찾고 있을 것이다.

이렇게 자신이 변한 것도 모른 채, 그저 쫓고 잡으려고만 한다는 것을 안다.

블링크를 사용하는 동안, 마나는 계속해서 끊임없이 차올랐다.

놀라운 장비의 힘이었다.

하루가 향하는 곳은 사람이 제일 많은 곳, 그곳이 지금의 목표였다.

그에 가장 맞는 곳은 아마도 명동 거리일 것이었다.

'찾지 못한다면 찾아오게 만든다.'

이제 온 세상에 자신을 드러낼 시간이었다.

강제로 데려갔다는 것은 뭔 짓을 할지도 모른다는 것, 이제 정체를 알아낼 시간도 됐다.

'라베, 빨리 나타나는 게 좋을 거다. 그리고 날 잡는 건…….'

"…포기해라."

다른 사람들과 싸운 적은 없지만 지지 않을 정도는 될

것이다.

하루는 강해졌다.

다수가 덤벼도, 소수가 덤벼도 똑같다.

이기고 주변 사람은 지킬 것이라는 게 하루의 마음이었다.

〈2권에 계속〉

O U L I M F A N T A S Y B O O K

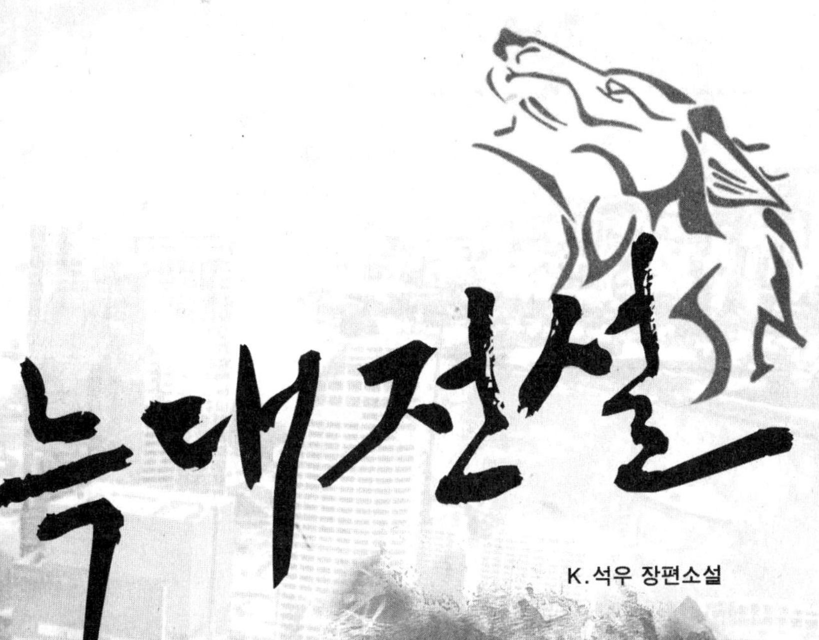

K. 석우 장편소설

사신전설, 초인전설의 감동을 잇는
K. 석우의 새로운 전설.

엄마야 오빠야 강변 살자~

어린 소녀의 노랫소리가 언덕길에 울려 퍼지고 있었다.
하지만 소녀는 곧 칭얼거리기 시작한다.

"오빠야, 내 진짜로 배고푸다."
"호야 형이 우리 하린이 빵 사 가지고 올 끼다."

하지만 강호는 자신을 기다리는 동생들에게 갈 수 없었다.
헤어진 동생들을 찾기 위해 사선을 넘어온 그는 야수가 되었다!
강호는 그라운드에 군림하는 최고의 선수.
그리고 거리를 지배하는 한 마리 늑대가 되어 돌아왔다!!

아련한 자장가 소리가 지친 사나이의
가슴에 녹아들고,
뜨거운 심장을 가진 늑대의 전설이 시작된다!!!

어느 날, 드래곤에게 소환되어 가디언 계약을 맺은
36세의 독신남 정후!
5백 년 동안 드래곤의 입맛에 맞는 수많은 물건을 만들어냈고,
그는 9서클 유저에 그랜드 마스터가 되었다!!
결국 다시 원래의 시간대로 금의환향하는데…….

"이건 뭔가 잘못됐다! 여긴 전쟁터다."

돌아온 그의 눈에 들어온 것은 전란에
휘말린 조선!!!
그리고 비운의 왕자 광해와의 만남.

"제발…… 이 나라를 도와주십시오."